D1933952

Zu diesem Buch

«‹Die Marquesita› erweist sich bei der Lektüre schnell als eine Kostbarkeit der erotischen Literatur, reich durchsetzt mit Elementen diskreter Zeit- und Sozialkritik, vergnüglich zu lesen und auch ein Beitrag zum Verstehen oder Nichtverstehen zwischen Europäern und Lateinamerikanern.» (Günter W. Lorenz in «Die Welt»)

«‹Die Marquesita› ist ein leichtgeschürzter Roman, eine erholsame Lese- und Denkpause inmitten der schwierigen, oft ins seelisch Abgründige und Allegorische ausgreifenden älteren Bücher des faszinierenden chilenischen Autors.» (Hanspeter Brode in «Frankfurter Allgemeine Zeitung»)

José Donoso, geboren 1924 in Santiago de Chile, ist Professor für englische Literatur an der chilenischen Staatsuniversität. Lehrtätigkeiten außerdem in Iowa, Princeton und Dartmouth.

José Donoso

DIE MARQUESITA

Roman

Aus dem chilenischen Spanisch
von Willi Zurbrüggen

Rowohlt

Die spanische Originalausgabe erschien 1980 unter dem Titel
«La misteriosa desaparición de la marquesita de Loria»
bei Seix Barral, Barcelona

Veröffentlicht im Rowohlt Taschenbuch Verlag GmbH,
Reinbek bei Hamburg, Mai 1993
Copyright © der deutschen Ausgabe 1991
by Hoffmann und Campe Verlag, Hamburg
Copyright © 1980 by José Donoso
Umschlaggestaltung Barbara Hanke
(Foto: Angelika Vogel / G+J Fotoservice)
Gesetzt aus der Bembo (Linotronic 500)
Gesamtherstellung Clausen & Bosse, Leck
Printed in Germany
790-ISBN 3 499 13313 x

Once again to Zelda

KAPITEL EINS

Die junge, verwitwete Marquise de Loria, geborene Blanca Arias aus Managua in Nicaragua, war das klassische Töchterchen jener Gattung lateinamerikanischer Diplomaten, die nach einer ebenso kurzen wie bedeutungslosen Amtszeit in Madrid keine andere Spur ihres Aufenthalts in der Stadt und am Hofe hinterlassen als eine hübsche, adelig verheiratete Tochter. Nach dem Sturz des exotischen Regimes, das Arias in die Fremde geschickt hatte, sah sich dieser gezwungen, in die Heimat zurückzukehren, deren Repräsentant er für kurze Zeit gewesen und in der nun ein neuer Abschnitt eines ungewissen Schicksals auf ihn wartete.

Blanca trocknete die Tränen, die sie beim Abschied reichlich vergossen hatte, da sie als Älteste und Anmutigste von der Familie stets verhätschelt worden war. Doch waren die Eltern noch gar nicht lange abgereist, als die rührenden Gemütsbewegungen über den Verlust der heimatlichen Klänge ebenso in Vergessenheit gerieten wie die unschuldigen Jungmädchenspiele früherer Zeiten, denn schon bewegten ganz andere Dinge ihr Empfinden. Zur vollkommenen Europäerin gewandelt, umhüllte sie sich mit dem prunkenden Mantel der Hoffart, des Dünkels und der Rituale ihres neuerworbenen Ranges, trotz ihrer gerade neunzehn Jahre bereits wissend, daß all diese Dinge – im Grunde war es so einfach gewesen, wie einem Kleid von Paul Poirot den Vorzug vor einer grobgewebten Indiobluse zu geben – nur als äußeres Gewand anzusehen waren, unter dem sie sich unbekümmert Freiheiten herausnehmen konnte, auf die sie unter Beachtung gewisser Regeln, als Dame von Welt, die sie jetzt war, ein Anrecht hatte.

Im Schutz der eleganten, doch überaus strengen Trauer, die ihr im Augenblick weder ein Streifchen Satin noch den winzigsten Samtsaum gestattete, bereitete es Blanca Wohlbehagen, sich darauf einzurichten, diese Freiheiten zu genießen. Das verschaffte ihr eine Atempause, in der sie von der Bastion ihrer herrlichen Witwenschaft aus, geschützt durch die Gitter vor den Fenstern ihres Palais, die Augen über den Horizont ihrer Möglichkeiten schweifen ließ, um zielsicher jene auszuwählen, die ihr die größten Wonnen versprachen. Sie war jung, sie war reich, sie war schön: Sie hatte Zeit im Überfluß, die Dinge gelingen zu lassen. Und während sie sich in sehnsuchtsvollen Vorahnungen bereitmachte, fand nicht ein neugieriges Auge, nicht einmal das der Mutter Marquise, Zugang zu ihrem in lichtem *fraise ecrasée* gehaltenen Schlafgemach, um ihre Hingabe an vage Tagträume und reibende Liebkosungen zu erspähen, die sie seit ihrer Kindheit als Übung der eigenen Freiheiten praktizierte, als Bestätigung und Genuß ihrer selbst. Diese Spielchen zogen sich hin, ohne von wesentlich anderer Natur zu sein, als sie immer gewesen waren – auch im Verlauf jener fünf Monate, die ihre Ehe mit dem sehr reichen, aber unerfahrenen Marquis de Loria gedauert hatte, dessen klägliches Ende auf eine Diphtherie zurückzuführen war, die er sich auf dem verregneten Heimweg von einem Maskenball zugezogen hatte, zu dem er ungeschickterweise als Ikarus erschienen war.

Einen anderen Mann hatte Blanca nie gekannt. Von der Nonnenschule war sie praktisch ohne Umweg vor den Altar getreten. Es wäre allerdings unwahr zu behaupten, die fünfmonatige Ehe hätte bis dahin unbekannte Gelüste in ihr geweckt, was man auf Grund ihrer behüteten Erziehung, die ihr gleichermaßen von tropischen Mulattinnen wie von spanischen Nonnen zuteil geworden war, hätte annehmen sollen; strenggenommen hatte Blanca schon immer mit diesen Gelüsten gespielt, und zwar vornehmlich mit Cousinen und Freundinnen während der drückendheißen Siestas in den weitläufigen Gebäuden des Familienbesitzes in der Karibik, wo sie ihre Ferien verbrachte. Sie kam jedoch nie auf falsche Gedanken und war sich stets der Tatsache bewußt, daß es sich dabei nur um vorbereitende Übungen für das Eigentliche handelte. Fraglos hielt die Zukunft dessen Erfüllung für sie bereit, denn nie zweifelte sie an ihrer Schönheit; und weil sie schön war, das wußte sie genau, hatte sie ein Recht darauf, von allem nur das Beste zu bekommen. Vor ihrer Heirat war sie noch ein Kind. Die fünf Monate dann machten sie, nun ja... zur Frau. Aber nicht, weil Paquito Loria ein in Liebeskünsten erfahrener Mann war: blaß, mit auffallend dunkelgeränderten, müden Augen, steckte er lediglich voll sündiger Phantasien, geboren aus den schwitzenden Mühungen endloser Nächte in der einsamen Bettstatt eines von Priestern geleiteten Internats.

Im Verlauf eines Ballabends, auf dem das Pärchen sich kennenlernte, in einem Moment vielleicht bewußter Ungeschicklichkeit beim *cake-walk*, gewahrte Blanca plötzlich die ebenso wohlproportionierten wie ehernen Mannesmerkmale des bis dahin todlangweiligen Marquis. Die kreolische Samthaut ihrer wunderschönen Arme und die von Korsettstangen unberührte Leichtigkeit ihrer Taille, die die Hand des Jungen durch die Falten der fließenden Seide ertastete, waren zweifellos der Grund dafür, daß Paquitos Qualitäten augenfällig wurden. Und als Blanca beim zweiten Foxtrott feststellte, daß die Attribute des Marquis schlicht nicht mehr zu übertreffende Ausmaße angenommen hatten, sagte sie sich: «Davon habe ich mein Leben lang geträumt.»

Beim nächsten *fox* den Abstand suchend und mit staunend geöffnetem Mund wie vor einem Monument, begehrlich wie vor einem faszinierenden Kunstwerk, kam Blanca zu dem Schluß: «Das will ich für mich.»

Es zu bekommen, kostete sie keine große Mühe. Paquito hatte ebenso wie Blanca die Hallen religiöser Erziehung gerade erst verlassen, und die schlanke Gestalt dieser exotischen Blume, die einen so betörenden Duft verströmte, war, der Wahrheit die Ehre, das erste, was er außer sich selbst in seinen heißen Händen gehalten hatte. Seine Mutter, die Witwe des alten Marquis, war ein pompöses Weib von knapp vierzig Jahren. Sie pflegte einen Teil des Winters in Paris zu verbringen, sprach Französisch mit sevillanischem Akzent und Spanisch natürlich mit französischem. Naturgemäß versuchte sie die unstandesgemäße Heirat ihres einfältigen Sohnes zu verhindern, der mittlerweile Träger des markgräflichen Titels war und früher oder später darauf kommen würde, daß er das Recht hatte, über den enormen Reichtum des Hauses Loria zu verfügen. Was sie selbst betraf, hatte ihr Mann ihr – und das war nur ein weiterer seiner feigen Racheakte – eine

Rente hinterlassen, die, um es unverblümt zu sagen, ein lumpiger Fliegenschiß war.

Bei den Besuchen des jungen Marquis in der Wohnung der gastfreundlichen Diplomatenfamilie, die nicht merkte, daß sie Gefahr lief, eine Tochter zu verlieren, oder sich damit abgefunden hatte, sie zu verlieren, da sie noch über vier weitere Schönheiten verfügte, die unter die Haube zu bringen waren, schlug Blanca sich wacker, in der türkischen Zimmerecke der Residenz, auf einem mit Kissen beladenen Kanapee, neben dem aus einem Räucherbecken schwerer Moschusduft aufstieg. Behindert von begehrliche Brüste schützenden Miedern, von gestärkten Hemden, deren Steife den Zugang zu anderen Steifen erschwerte, von endlosen Knopfreihen sittsam verknoteter Leibchen, von Pikeewesten, die unter dem leidenschaftlichen Ansturm zerrissen, und während beider Münder sich in die Körperteile des anderen versenkten, nur unvollkommen durch die letzte Ausgabe von *La Esfera* oder einen Band mit Erzählungen von Hoyos y Vinent geschützt, die zu lesen sie vorgaben, um die Eltern oder die neidisch lauernden Schwestern zu täuschen, lernten sie jeden Millimeter der vor Furcht und Begierde schweißfeuchten Topographie ihrer Leiber kennen, ihre Senken und von Liebe schwellenden Wölbungen, und wieder und wieder berauschten sich ihre lüsternen Zungen am duftenden Fleisch des anderen, ohne je genug zu bekommen. Sie trösteten sich damit, daß ihnen die Umstände zwar vorerst noch Grenzen setzten, das Ganze aber nichts als eine herrliche Einstimmung auf jenen Augenblick vollkommener Hingabe war, der nach den stets von Entdeckung bedrohten Scheingefechten als wunderbare Belohnung winkte.

Als der Geburtstag der Angebeteten näherrückte, bat Paquito seine Mutter um eine kleine Aufmerksamkeit für seine Freundin Blanca Arias. Was denn für eine Aufmerksamkeit, um Gottes willen? rief die Mutter Marquise und verdrehte die Augen himmelwärts. Sie kannte die Leute doch gar nicht. Nur einmal hatte sie ihnen die behandschuhte Hand gereicht, als Paquito ihr die ganze Familie während eines Jazz-Dinners für wohltätige Zwecke im *Palace* vorgestellt hatte. Casilda Loria hatte sie ohne Zögern als *unträglich* abqualifiziert, als ihr Sohn sie später nach ihrem Eindruck befragte. Was verlangte ihr Sohn denn von ihr? Genügte es nicht, ihr einen Strauß Blumen oder eine Schachtel Pralinen zu schicken? Was sonst konnte sie tun, ohne sich unnötig mit diesen Leuten einzulassen?

«Du sollst sie einen Abend in unsere Theaterloge einladen.»

Casilda Loria, erbost über das Possessiv, das ihr Sohn zum erstenmal und ganz offensichtlich in nötigender Absicht benutzte, wandte sich mit ihrer Antwort nicht an ihn, sondern an einen guten alten Freund, den Grafen Almanza, einen *sportsman* und Freund der Familie, mit der ihn eine entfernte Verwandtschaft andalusischen Ursprungs verband und dessen hervorstechendstes Merkmal ein verwegener Schnurrbart ähnlich dem des gekrönten Dichters Eduardo Marquina war.

«Ist es nicht ein Drama, einen so rundherum schwachsinnigen Sohn zu haben? Findest du es gerecht, daß Paquito mich, die ich ohnehin die gestrafteste aller Mütter bin, zwingen will, für solche Leute – sie fett und aufgedonnert wie eine Tortillaverkäuferin an Palmsonntag und er so schwarz und gelackt wie ein Klavier – die Souffleuse zu spielen? Und am fraglichen Abend wird auch noch *Lohengrin* gegeben, eine schwierige und, ich muß gestehen, etwas langweilige Oper, die ihnen ohnehin nicht gefallen würde. Ich verstehe gar nicht, woher das Mädchen diese helle Haut hat und diese Schönheit...»

«Ah! Dann gibst du also zu...?»

Casilda war tunlichst bemüht, nicht direkt mit Paquito zu sprechen, da er ihrem Urteil nach kalt wie ungebackene Teigmasse war und aus dem Mund penetrant nach Internatsfrühstück roch. Sie ließ ihn daher mit der noch unbeantworteten Bitte auf den Lippen stehen und ging mit Almanza hinaus, um eine Spazierfahrt im neuen Isotta-Fraschini zu unternehmen.

Während sie die Marmortreppe des Palais hinunterschritt, das jetzt dieser hergelaufenen Fremden in die Hände zu fallen drohte, und während die durch die Fischreiher der hohen Bogenfenster fallenden Sonnenstrahlen wechselnde Farben auf ihr stilisiertes Antlitz legten, ließ Casilda, wie immer aufmerksam den weisen Ratschlägen ihres Freundes lauschend, sich eines Besseren belehren: Sie solle nicht dumm sein, sagte der Graf, immerhin sei es

Paquitos Pappe, mit der das neue Auto und der italienische Chauffeur samt Schirmmütze und Gamaschen bezahlt würden. Und zum Glück sei Paquito ein Einfaltspinsel; wenn er heirate, sei er zunächst einmal geraume Zeit mit Blanca beschäftigt – so in sie «vertieft», sagte Almanza mit südlicher Unbekümmertheit, ohne daß die stolze Marquise auch nur mit der Wimper zuckte, daß er eine ganze Weile brauchen werde, um auf die Idee zu kommen, Don Mamerto Sosa, den Anwalt des Hauses, der seit Menschengedenken die Angelegenheiten der Lorias regelte und überaus pedantisch sein konnte, zu fragen, wer nach Recht und Gesetz an die Familienkasse durfte. Sie hätten also reichlich Zeit, sich eine Lösung auszudenken. Casilda könne ganz unbesorgt sein. Blanca wiederum stehe ganz allein, oder doch fast allein, denn in Anbetracht der Kurzlebigkeit lateinamerikanischer Regime könne man mit der baldigen Abreise ihrer Eltern rechnen, und dann sei niemand mehr da, der sich um sie kümmere. Wieviel gefährlicher wäre es hingegen, wenn Paquito zum Beispiel in den Sinn käme, sich in eine der sieben Töchter von Pepe Manzanares zu verlieben, der nach Vermögen und Einkünften der gesamten spanischen Grandezza schiele! Nein, sie solle die beiden ruhig sich selbst überlassen, meinte der Graf. Sie fände schon die Zeit, den Trottel von Don Mamerto so einzuseifen, daß er alles zu ihrer beider Vorteile richte, bevor der kleine Bengel richtig aufgewacht sei. Wie auch immer, wenn Casilda es vorziehe, sich mit diesen unbedeutenden Diplomaten vorerst nicht in der Öffentlichkeit zu zeigen, sei es ein Leichtes, das Theaterpublikum merken zu lassen, daß es sich um Paquitos Gäste handle, schließlich sei er schon volljährig und damit alt genug, eine solche gesellschaftliche Verpflichtung zu übernehmen: Er persönlich werde dafür sorgen, daß im richtigen Moment roter Sekt aufgefahren werde, der süßeste, den es gebe. Das dürfe fürs erste wohl reichen. Natürlich, später komme womöglich der bittere Tropfen der Hochzeit. Er behaupte auch nicht, daß es leicht sei, diese Leute, die offenbar kürzlich erst von den Bäumen gestiegen waren, auf Distanz zu halten. Aber wozu so weit vorgreifen?

«Woher hat dieses Kind nur seine Schönheit...?» sinnierte Graf Almanza, während er seinen Pelz über die Knie der Marquise und die eigenen breitete und schließlich an die Scheibe klopfte, die sie vom Chauffeur trennte, damit er losfahre.

«Ihre Mutter ist offensichtlich irgendeine ganz Gewöhnliche und zudem schon auf Rente», mutmaßte Casilda. «Und die Kleine muß das Kind von irgendeinem betrunkenen Nordstaatenmatrosen sein, der zufällig in ihrem Karibikhafen Landgang hatte.»

Am Abend der Einladung empfing die Marquise de Loria den Diplomaten, seine Frau und seine Tochter in der Vorloge, wo niemand sie sehen konnte. Ja, sagte sich Casilda, die Kleine hat Stolz und wird mit ihren großen Augen, die so rund sind wie die eines springlebendigen Äffchens, den frischen, sinnlichen Lippen und den starken weißen, schimmernden Zähnen auch unter den kritischsten Blicken bestehen. Die wie von Meisterhand modellierten Arme entsprangen der verborgenen Perfektion ihrer Achseln, die das ausgeschnittene, ärmellose Kleid weniger sehen als erahnen ließ. Nur ihre Beine schienen eine Idee zu kurz. Dennoch war sie ein munteres, duftendes Kätzchen, das ihren Sohn ganz schön ins Schwitzen bringen würde, wenn auch ihrer Figur – ein wenig *potelée* offengestanden, was sich mit fortschreitendem Alter und zunehmender Gewebeträgheit wohl noch verstärken würde – der letzte *chic* sicher immer versagt bliebe. Einen guten Geschmack hatte der Kleine. Von seiner Mutter natürlich – man mußte nur Almanza ansehen.

Als die Lichter erloschen und das Präludium des ersten Akts einsetzte, bat Casilda die Eltern Arias, neben ihr in der ersten Logenreihe Platz zu nehmen. Blanca setzte sich hinter ihre Mami, und hinter Blanca rückte Paquito heran, stützte sich auf die Stuhllehne seiner Geliebten, beugte sich über ihren Unterarm und wies sie auf verschiedene Dinge im Programmheft hin. Im dunkelsten Winkel der Loge ließ sich Graf Almanza nieder und grunzte, er werde wohl ein Schläfchen halten; er verabscheute Wagner, weil da immer soviel geschrien wurde, und das auch noch auf deutsch.

Während der Vorhang über einer Waldlichtung am Ufer eines Flusses in Brabant aufging, hob Paquito seine Lippen an Blancas Ohr und erklärte ihr flüsternd den Ablauf des Geschehens auf der Bühne: Ortrud und Telramund waren die Bösen, was von Anfang an klar war, obwohl Ortrud während des ganzen ersten Akts kein einziges Mal den Mund aufmachte; und Elsa, weil sie sehr schön und ganz in Weiß gekleidet war, war die Gute, die angesichts der Verleumdungen ihrer verderbten Verwandten darauf hoffte, daß ein Ritter herbeieile, um vor dem Angesicht Gottes ihre Ehre zu verteidigen. Dicht vor seinen Lippen das schneeweiße, wie ein zarter Rosenkelch erblühende Ohr der Geliebten, konnte Paquito der Versuchung nicht widerstehen, einen Kuß auf ihr Ohrläppchen zu hauchen. Ortrud erhob sich mit zorniger Geste, doch da ihr Zorn nicht durch das geweckt worden war, was er mit Blanca angestellt und was niemand gesehen hatte – Casilda war viel zu sehr damit beschäftigt, ihr Gesicht hinter dem Fächer zu verstecken, die Diplomatengattin viel zu geblendet von Elsas Brillanten, die, wie Almanza ihr verraten hatte, das Geschenk eines bekannten konservativen Politikers waren, und der Botschafter in eitler Selbstgefälligkeit auf nichts anderes bedacht, als seine Orden und Ehrenzeichen wirkungsvoll zu präsentieren –, ließ Paquito seine Zungenspitze in das mehr und mehr sich befeuchtende Labyrinth ihrer Muschel wandern und spürte das leise Erschauern, mit dem Blanca seine Liebkosung empfing. Da er sie kannte, wußte er, daß nichts, auch nicht das geringste Zucken einer Wimper, ihr Lustempfinden verraten würde. Seine freie Hand, verborgen im Dunkel vor der Logenwand, strich über die Rückenlehne des Stuhls seiner Geliebten bis zur Sitzfläche hinunter, wo sie einige erwartungsvolle Sekunden auf dem roten Samt verharrte, und schob sich dann – sehr behutsam – zwischen dem Granatstoff und Blancas erhabenem Hinterteil vor. Als er, wie erwartet, feststellen konnte, daß sie sich mit keiner Zuckung verriet, massierte er sanft die geheimnisvolle Kerbe zwischen ihren erregenden Rundungen. Seinen Fingerkuppen gelüstete es jedoch nach nackter Haut, und so glitten sie in langsamen Kreisen über Blancas Hüfte und über den *satin duchesse* ihres Kleides zur Innenseite ihrer willfährigen Schenkel. Mehr als willfährig, spürte Paquito. Blanca liebkoste seine Hand mit ihnen, ermunterte sie zu weiterem Vordringen, hin zu dem schlummernden Tier, das am wonnigen Ende aller Wege für ihn bereitlag und das es zu erreichen galt, solange auf der Bühne die Arien von unvergleichlicher

Liebe erschollen. Er mußte den Rand ihres Kleidchens erreichen. Ohne erkennbare Bewegung, ohne den Ausdruck konzentrierter Aufmerksamkeit in seinem verhaltenen Lächeln, das die jubilierenden Geschehnisse auf der Bühne in allen Einzelheiten widerspiegelte, auch nur um eine Spur zu verändern, streckte Paquito seinen Arm noch ein bißchen weiter vor und spürte, wie seine Geliebte erbebte, als seine Hand ihr Knie umschloß, und dieses Beben sich verstärkte, als sie in die warme Höhlung ihrer Kniekehle glitt, die, als Blanca das Bein anzog und ihre Wade gegen sie preßte, zum Gefängnis für sie wurde. Indem sie ihre leidenschaftliche Entgleisung mit einer eleganten äußerlichen Bewegung in Einklang brachte, ergriff sie das Programmheft, das Paquito noch in der anderen Hand hielt, blätterte kurz darin herum und legte es dann aufgeschlagen auf ihren Schoß, um die Hand des jungen Marquis abzuschirmen, die kühn unter den Saum ihres Kleides glitt und endlich das ersehnte Fleisch ihrer Schenkel fand, um dann bis dorthin weiter vorzudringen, wo die erste Vegetation ersproß; hier verharrte er in seinem zärtlichen Treiben. Weiter würde er nicht gehen, sagte er sich: Sollte Blanca, wenn er sie verrückt machte, ihn bitten, ihn mit einem Schenkeldruck ermutigen, zum köstlichen Ziel vorzudringen. In dem Augenblick, als der Schwan auf der Bühne zwischen seinen Pappmachéwellen erschien, sah sich Casilda, als hätte sie sich den ganzen Bühnenzauber ausgedacht, voller Stolz zu Blanca um. Sie fand einen solchen Ausdruck von entrückter Konzentration in ihrem jeglichen Raffinements abholden Gesicht, daß sie unwillkürlich darüber ins Grübeln geriet, wie manche primitiven Wesen – dieses wunderschöne Mädchen beispielsweise – von einer so unschuldigen Reinheit sind, daß sie ihnen ein Verständnis für die unzugänglichsten Ausdrucksformen der Kunst ermöglicht. Kurz vor Ende des ersten Akts baten die Marquise und Almanza die Gäste, sie zu entschuldigen, da sie der Cousine des Grafen versprochen hätten, sich in deren Vorloge zum Kartenspiel einzufinden, und Teresa Castillo, die Cousine, zutiefst beleidigt wäre, wenn man sie während des zweiten Akts, der todlangweilig sei, allein ließe. Sie zögen es daher vor, ihn mit Kartenspielen zuzubringen, kämen aber gegen Ende des Akts zurück.

Als sie die Loge später wieder betraten und ihre Plätze einnahmen, sah Casilda das doppelte Profil der jungen Leute so vollkommen hingegeben an Elsas tragisches Schicksal, daß die beiden nur den Anflug eines Begrüßungslächelns zustande brachten. Kaum daß die Marquise Platz genommen hatte, nahmen sie wieder die Starre eines in Münze geprägten Herrscherpaares an. Casilda seufzte. Sie war nicht mehr jung; sie hatte in ihrem Leben schon zu viele Opern gesehen und war daher ein wenig abgestumpft, weshalb ihr die musikalische Verzückung Blancas in ihrer Einfalt zwar rührend erschien, andererseits aber auch reichlich amerikanisch vorkam. Gerade als der Vorhang fallen sollte, trat Almanza aus dem Vorraum der Loge herein und teilte mit, der Champagner stehe bereit. Casilda geleitete ihre Gäste hinaus, bevor die Lichter angehen und die Leute ihre Operngläser heben konnten, um zu sehen, wer in wessen Loge saß.

Die Unterhaltung in Casilda Lorias Logenvestibül war ausgesprochen lebhaft. Die Gattin des Botschafters erging sich in unermüdlicher Bewunderung über Elsas lange Blondzöpfe und ließ wissen, einige ihrer Cousinen in der Heimat hätten ebenso langes blondes Haar wie die Sopranistin und dazu noch Augen von einem Blau . . . ! Almanza hielt es nicht für nötig, ihr die Illusion zu nehmen und sie darauf hinzuweisen, daß es sich in diesem speziellen Fall um eine Perücke handelte – denn so schön die Velázquez war, war ihr Haar doch schwarz wie eine Rabenfeder. Er mußte es schließlich wissen, da er sie seit ihren ersten bescheidenen Anfängen kannte; wie er stammte sie aus Huelva, und den Fandangoklang ihres andalusischen Akzents hörte man sogar noch heraus, wenn sie auf deutsch sang. Paquito, gesprächig wie nie, erklärte Seiner Exzellenz inzwischen die Handlung, da der Herr Botschafter von allem nichts begriffen hatte. Während er auf ihn einredete, hob der junge Marquis seine linke Hand an die Nase und beroch seine Finger, wobei er Blanca aus den Augenwinkeln beobachtete. Sie, die sich der Bedeutung dieses Tuns bewußt war, mußte ihre ganze Willenskraft aufbieten, um nicht loszulachen, gönnte ihm aber nicht mehr als das Aufblühen zweier bezaubernder Grübchen auf ihren Wangen.

Casilda sah, was ihr Sohn trieb, und wies ihn erbost zurecht:

«Hör auf, dir im Beisein von Freunden in der Nase zu popeln. Es ist unglaublich, daß du dich mit deinen zwanzig Jahren noch wie ein Internatszögling benimmst...»

Paquito verfiel in verdrießliches Schweigen, trank ein Glas Champagner nach dem andern und wurde immer unruhiger, denn obwohl der letzte Akt bereits vor fünf Minuten begonnen hatte, war man noch nicht in die Loge zurückgekehrt. Als sie dann endlich ihre Plätze wieder eingenommen hatten, rollte Blanca das Programmheft zu einer Röhre zusammen, richtete sie auf und streichelte sie mit zärtlichen Bewegungen von oben nach unten und von unten nach oben. Paquitos linke Hand, gierig darauf bedacht, keine Sekunde der wertvollen Zeit zu verlieren, die ihnen bis zum Ende der Vorstellung blieb, wühlte bereits zwischen Blancas begehrlich geöffneten Schenkeln, ließ den feuchten Kelch erzittern, dessen innerste Knospe in den Wahnsinn zu treiben er fest entschlossen war. Wohl wissend, was ihm das steil aufgerichtete Programmheft verhieß, tastete er mit der Rechten nach sich selbst und träumte davon, daß Blanca die Liebkosungen, die sie dem Programmheft zuteil werden ließ, an ihm ausübte, und sie so zu einer Liebesekstase gelangten, vergleichbar der von Elsa und Lohengrin am Flußufer in Brabant. Jetzt. Ja, jetzt. Und einen Augenblick länger galt es, das leidenschaftliche Duo fortzuführen, denn noch fehlte der Schwan...

Als der Tenor mit *Im fernen Land*... einsetzte, saßen Blanca und Paquito, beide erregt, vibrierend, kurz vor der Ekstase, dennoch fast regungslos, da die kleinste Geste sie verraten und das Erreichen des Höhepunkts in Gefahr bringen konnte. Sie bewahrte das starre Lächeln ihres im Bühnenglanz leuchtenden Gesichts, doch unten, im Dunkel des Sitzes, umschmiegt von der Seide ihres Unterrocks, kreisten ihre Hüften in süßer Verzückung, ohne daß ihrer Körperhaltung auch nur das geringste anzumerken war. Aus seinem Logenwinkel heraus beobachtete Graf Almanza die ebenso verstohlenen wie tatkräftigen Leibesübungen mit unaussprechlichem Vergnügen. Er hatte jede Geste, jede Bewegung, jede Sekunde des zärtlichen Treibens dieser beiden Täubchen ausgekostet und sich dabei, nicht ohne einen Hauch von Wehmut, an etwas ganz Ähnliches erinnert, das – abgesehen von den Schwierigkeiten, denen man sich fünfzehn Jahre zuvor durch die weiblichen Kleidungsgepflogenheiten noch gegenübergesehen hatte – mit Casilda in eben dieser Loge in Anwesenheit ihres kurzsichtigen Ehemanns stattgefunden hatte. Damals, erinnerte er sich, war eine Operette von Halévy gegeben worden. Berauscht, verjüngt durch den subtilen, doch atemberaubenden Rhythmus der jungen Leute, der um so frenetischer wurde, je höher die Wellen schweißtreibender Liebesdeklamationen auf der Bühne schlugen, vereinigte sich der Graf mit der göttlichen Blanca, mit Paquito und mit der Musik, die ihre Sinne aufpeitschte und deren Tremolo er mit ihnen teilte.

Im Augenblick der Enthüllung, als der Tenor verkündete, Parzivals Sohn zu sein, und die Romanze mit einem *tutti* des Orchesters endete, erstarben Blanca, Paquito und Almanza in einem einzigen Seufzer. Blanca gab mit zum Himmel gedrehten Augen einen so sanften Wehlaut der Ekstase von sich, daß die Mutter Marquise sich mißbilligend umwandte. Doch als sie im lieblichen Antlitz des Mädchens die tiefe Ergriffenheit künstlerischer Leidenschaft in diesem Augenblick sublimster Musik erkannte, war sie versöhnt. Einen Ohnmachtsanfall Blancas befürchtend, wollte sie ihr schon ein Riechfläschchen reichen, da sah sie, ohne den Blick ganz von der Bühne wenden zu müssen, daß Blanca sich mit dem Programmheft Luft zufächelte, was offenbar ausreichte, um sie wieder zur Besinnung zu bringen. Ein letztes Mal vor dem Aufbruch ließ Casilda ihren Blick durch das Theater schweifen. Paquito nutzte die abgelenkte Aufmerksamkeit seiner Mutter, um sich hastig zuzuknöpfen. Almanza tat es ihm nach, da auch er die charakteristischen Bewegungen zu deuten wußte, mit denen Casilda nach ihrem Taschentuch, ihrem Opernglas und ihrer Handtasche griff, bevor sie sich erhob.

Die Marquise de Loria stand auf. Wegen ihres Asthmas ein wahres Grauen vor größeren Menschenansammlungen vorschützend, verabschiedete sie sich eiligst – doch freundlich, damit ihr Sohn ihr nichts vorzuwerfen hatte, falls die Dinge weitere Formen annahmen – von den Gästen und säuselte, sie wolle ihnen nicht das Ende des Opernabends verderben. Und während Graf Almanza im Vorraum der Loge die aufwendige Stola von *petit-gris* um Casildas Schultern legte, hörte er sie, halb an ihn gerichtet, halb zu sich selbst, versonnen sagen: «Dieses Kind ist wirklich seeeehr empfänglich für Musik...»

«Ja, seeeehr...» bestätigte der Graf.

Und seiner guten alten Freundin den Arm darbietend, schritten sie, wie so oft, die Marmorstufen des Königlichen Theaters hinunter – ein wenig nachdenklich diesmal, ohne recht zu wissen, warum – und überließen Paquito, der ja schließlich erwachsen war, die Sorge um seine Gäste.

KAPITEL ZWEI

Je weniger Worte über die Hochzeit selbst verloren werden, desto besser. Casilda, die vor der unbeherrschten Leidenschaft ihres Sohnes und der Logik Almanzas kapituliert hatte, nahm das bedauerliche Hinscheiden einer Großtante, der Äbtissin eines Klarissenklosters in Málaga, die sie seit ihrer Firmung, bei der die Tante ihre Patin gewesen war, nicht mehr gesehen hatte, zum Vorwand, um die Feier im privatesten Familienkreis auszurichten. So privat, daß Blanca und Paquito sich in dem entlegenen Dörfchen Alarcón de los Arcos wiederfanden, einem Lehnsgut der Lorias seit Menschengedenken, wo sie sich das Ja-Wort in einer baufälligen Kirche voller Dörfler gaben, den einzigen Wesen auf Gottes weiter Erde, so Almanza, die von der Geographie dazu bestimmt waren, einen Gimpel wie Paquito allein seiner zufälligen Abstammung wegen ernst zu nehmen.

Das Bankett – wenn man das karge Liebesmahl denn als solches bezeichnen wollte – fand im schimmelfleckigen, mit Ahnenporträts und Wappen überladenen Landsitz der Lorias statt, den, so vermutete Casilda, mit Ausnahme eines dann und wann von Don Mamerto ausgesandten Verwalters seit fünfzehn Jahren niemand mehr betreten hatte. Außer der Familie Sosa, die diesem Nest entstammte, den Bridgefreunden von Casilda und Almanza – damit sie wenigstens jemanden hatten, mit dem sie hinterher alles durchhecheln und sich totlachen konnten – und dem Botschaftspersonal, das sich als wahre Armee herausstellte, nahmen nur noch fünf oder sechs weitere Personen teil, die die nicaraguanische Kolonie in Madrid bildeten: die Männer tief beeindruckt vom Muff des ganzen altehrwürdigen Plunders, die Frauen erwartungsgemäß herausgeputzt wie zu einem Ball im Königspalast.

Die Ehe als solche war für Blanca eine grausame Enttäuschung.

Wenn es ums Spielen, Streicheln, Küssen, Lachen, Necken und Liebkosen ging, war alles großartig, weil phantasievoll und kühn, denn solange er das Terrain perverser Albernheiten nicht verlassen mußte, kannte Paquito in der Lust keine Grenzen. Aber in den langen, stillen Nächten des großen, mit Seidentapeten ausgeschlagenen ehelichen Schlafgemachs, das jetzt das ihre war, seit sich Casilda anläßlich der Hochzeit ihres Sohnes anderswo eingerichtet hatte, versagte der Marquis kläglich, sobald die Hitze der Wollust zur Vollendung drängte; Paquitos eherne Männlichkeit, *hélas,* schmolz jedesmal just auf dem Gipfel des Verlangens dahin, nichts anderes als eine feuchte Spur auf den äußeren Blütenblättern jener bewunderungswürdigen Blume hinterlassend, die Blanca ihm so überaus willig darbot.

«Mein Prinz, mein armer Prinz...» tröstete sie ihn, versicherte ihm, daß ihr das, was sie taten, am allerliebsten war und sie ihr ganzes Leben für all das andere ja noch vor sich hätten. Fürs erste sei es besser, alles zu genießen, wie es war; das ihr, wie sie versicherte, vollauf genüge.

Für Paquito war die Nacht zu lang und das Schlafzimmer zu groß, das bis vor kurzem noch das seiner Mutter gewesen war – die bei ihrem Auszug erklärte, sie sei nicht bereit, in ihrem eigenen Haus die Rolle der Geduldeten zu spielen, das Palais jedoch weiterhin als Zweigstelle ihrer ultramodernen Stadtwohnung benutzte, dort Besuche empfing und Anweisungen gab, als sei auch weiterhin sie und nicht Blanca die Herrin –, das riesige Haus zu ehrfurchtgebietend; der *baldacchino* könne ihnen auf den Kopf fallen, behauptete Paquito, den seine Fehlschläge im Laufe der Zeit immer neurasthenischer machten.

Blanca ließ gegen den Protest Casildas, die ihre relative schwiegermütterliche Zurückhaltung aufgab, als sie ihren Geschmack in Einrichtungsfragen durch die Amerikanerin in Zweifel gezogen sah, den *baldacchino* entfernen, das Bett in ein lauschigeres Zimmer bringen und einen großen Spiegel an der gegenüberliegenden Wand installieren.

Alles vergebens.

«Mein Prinz, mein armer Prinz, weine doch nicht...» umschmeichelte sie ihn mit tröstenden Worten, um seinen ohnmächtigen Zorn zu lindern. Aus Dank für ihre Zärtlichkeit ging Paquito mit neu gestählter Liebe und eisernem Stolz ein weiteres Mal zum Angriff über; mit seinen Fingern, seinem Knie, seinen unerschrockenen, lüsternen Lippen – sogar mit seiner dicken Nase, wenn nötig – war er stets bereit.

Sie wiederum hatte diesen verwirrenden Hang zu Perversionen, der bei Frauen aus den Tropen häufig Hand in Hand mit der Zärtlichkeit geht, und so lachte und liebte sie und war ganz angetan, obwohl sie sich nach wie vor nach Erfüllung sehnte, nach der Erfüllung mit Paquito, denn während der ganzen fünf Monate, die ihre Ehe dauerte, träumte Blanca kein einziges Mal von anderen Männern, wie sie es früher getan hatte und wie sie es später tun sollte. Sie war wunderschön. Noch schöner als vor ihrer Heirat. Da sie das wußte, fühlte sie sich zu allem fähig, selbst dazu, Paquito in seiner verzweifelten Erschlaffung Nacht für Nacht wieder aufzurichten. Ihr weiblicher Instinkt sagte ihr, daß Paquito, von ihrer Schönheit stimuliert, vielleicht schon bald im Triumphzug einmarschiere, um den Königsthron zu besteigen, den sie in ihrem Körper für ihn bereithielt.

Nachdem sie ihren Mann und seine wiederholten Niederlagen eine Zeitlang abwartend, aber mit äußerster Sanftmut beobachtet hatte, ging sie zu einer Art in Phasen sich entwickelnden Taktik über, die sie ihrer Meinung nach ans Ziel bringen mußte. Sie war nämlich schon bald zu dem Schluß gekommen, daß ihrem Mann in der weitläufigen Stille der palästlichen und ehelichen Nacht das Verbotene fehlte, das Unvorhergesehene, das Bedrohliche, die Gefahr sich nähernder Schritte oder im richtigen Moment knarrend sich öffnender Türen, die Tadel, Strafe und Scham bedeuten konnten, wesentliche Elemente, wie Blanca zu erkennen glaubte, um die komplexe Vitalität – die sich so sehr von der amerikanischen Schlichtheit ihrer eigenen unterschied – ihres armen Gatten aufrechtzuerhalten, bis er zum letzten Sturm ansetzte. Aber wie konnte man in einer so konventionellen Ehe wie der ihren und in einer finanziell weit mehr als sorglosen Situation für überraschende Momente sorgen?

Mit List, sagte sich Blanca. Und da sie nicht nur klug und verliebt, sondern auch entschlossen war, machte sie sich daran, dem jungen Marquis zu verschaffen, was sie als die fehlenden Elemente erkannt zu haben glaubte.

Es wäre ermüdend, all die Gelegenheiten zu beschreiben, bei denen Blanca mit Hilfe vielleicht allzu konstruierter Gefahrensituationen der Glückseligkeit recht nahegekommen war. Nicht unerwähnt bleiben darf hingegen jener denkwürdige Winterabend, an dem sie beide den Höhepunkt nur um ein Haar verfehlten: Casilda und Almanza hatten Tere Castillo und Pepe Manzanares, die gerade miteinander gingen, zu einer Partie Bridge in den großen Salon geladen, der durch ein Feuer im französischen Renaissancekamin erwärmt wurde. In einiger Entfernung von den Polstergarnituren, Stehlampen und den mit Zierrahmen und sündhaft teurem Nippes überladenen Boulle-Tischchen ruhten Blanca und Paquito auf dicken Kissen vor dem flackernden Feuer. Hin und wieder rafften sie sich aus ihrer wohligen Trägheit auf und legten ein Pinienscheit nach. Blanca hatte lange Zeit Paquitos Kopf gekrault, derweil er in selbstvergessenem Spiel unter ihrer Bluse die empfindlichen Knospen ihrer Brüste marterte. Ab und zu unterbrach ein Auflachen der Älteren drüben am Bridgetisch das anhaltende Schweigen ihrer hohlen Konzentration, doch allein die Nähe seiner Familie, von der für ihn alle Gefahr ausging, entflammte Paquito. Blanca öffnete die Hose ihres Mannes, der sich vom eigenen Feuer und vom Widerschein der Flammen gerötet zeigte, gehärtet von der Gefahr und von Blancas feuchten Küssen. Sie sahen, wie Almanza sich erhob, da er beim nächsten Blatt aussetzen mußte. Er brauchte nur ein wenig den Kopf zu wenden, um das junge Paar zu überraschen.

«Jetzt...» flüsterte Paquito ängstlich, aber dennoch bereit, der Gefahr ins Auge zu sehen.

Da Blanca in ständiger Erwartung einer Gelegenheit wie dieser kein Höschen trug, hob sie ihr Kleid und setzte sich rittlings auf den Schoß ihres Mannes. Die glänzenden Augen der jungen Marquise – mit aufgerichtetem Körper auf ihrem Mann sitzend, befand sich ihr Kopf auf gleicher Höhe mit den Rückenlehnen der Sessel und Sofas und dem Zierat auf den Tischchen – blickten direkt in die von Almanza, der das Paar schon eine Weile aus den Augenwinkeln beobachtete. Als sie spürte, daß Paquito unter ihr zu verzagen drohte, weil er keine äußere Stimulanz fand, die ihn hätte aufrichten können, flehte ihr vielsagender Blick den Edelmann um Hilfe an: Möge er, von dem es hieß, er habe in seinem Leben bereits alles probiert und sein Vermögen mit dieser Chansonette aus Cádiz durchgebracht, die er im Hotel *Negresco* ausgehalten hatte, so daß er heute auf Kosten von Casilda, genauer gesagt von Paquito, leben mußte, möge er also die Situation retten, damit sie dieses eine Mal die Erfüllung fand, die ihr bislang versagt geblieben war. Ebendies erflehten die schalkhaft glänzenden Augen der jungen Marquise.

Der Graf, der sich als Kavalier und Mann von Welt darauf verstand, die stummen Bitten weiblicher Blicke zu entschlüsseln, erkannte, daß die Botschaft als Postskriptum das Versprechen enthielt, sich später, mit ihm allein, über Reparationsleistungen zu verständigen. Almanza ging zum Grammophon, das in der Mitte des Salons zwischen Bridgetisch und Kamin stand, und drehte die Kurbel.

«Gib acht, Liebster, Almanza kommt näher», flüsterte Blanca zum Ohr ihres Gatten hinunter, der vor Leidenschaftlichkeit zitterte und bebte, der Ärmste, da er im Angesicht der Gefahr endlich spürte, wie seine ganze innere Spannung sich mit jener vereinte, mit der Blancas heißer Ring ihn so bereitwillig umschloß.

Am Bridgetisch herrschte unterdessen hochkonzentrierte Stille, in der die drei auf der Kaminseite des Salons sich selbst überlassen blieben. Almanza wählte eine Platte, legte sie auf, setzte die Nadel in die Rille, und nach einigem Kratzen erschollen die ersten Klänge von *The Wedding of the Painted Doll.* Der Graf neigte sein edles Haupt zum Schalltrichter des Grammophons, wie um besser zu hören, in Wirklichkeit jedoch, um an der gelben Chrysantheme in der Lalique-Vase vorbeischauen zu können, die ihn daran hinderte, an den Wonnen des Pärchens am Feuer teilzuhaben: Blanca, mit liebesfeuchten Wimpern ob des wiedererstarkten Asts, ließ ihren leichten Körper langsam, behutsam auf Paquito kreisen, der auf dem Rücken lag, und deutete mit einem leisen Schwingen, das die empfindlichsten Nerven des Marquis gerade noch wahrnahmen, den Foxtrott-Rhythmus des Grammophons an.

Paquito, um endlich auf Grund zu stoßen und sein Delirium vollkommen zu machen, krallte seine Finger in Blancas Hinterbacken und riß in ungläubigem Staunen über die ruhmreiche Parade die Augen so weit auf, daß sie aus den Höhlen zu fallen drohten. Unglücklicherweise kreuzte sein Blick die mehr als wohlwollenden Augen des Grafen, der sein Ergötzen hinter den Chrysanthemen nur schwer verbergen konnte und den Kopf dabei ebenso putzig geneigt hielt wie der Hund, der der Stimme seines Herrn lauscht. Diese Wohlgefälligkeit, dieses geheime Einverständnis zu sehen, reichte aus, daß alles in ihm erschlaffte, er von einer Sekunde zur andern geschlagen in sich zusammensank und, das feuchte Ziel bereits vor Augen, nicht einmal mehr die nutzlose Entladung zustande brachte, die sich gewöhnlich über Blanca ergoß. Der Graf richtete sich befriedigt auf, da er glaubte, seine Pflicht erfüllt zu haben und von der jungen Marquise einmal in Naturalien entschädigt zu werden. Er kehrte zum Bridgetisch zurück, an dem die anderen das letzte Spiel kommentierten.

«Mit dem, was ich in der Hand hatte», sagte Pepe Manzanares gerade, «konnte ich kein Risiko eingehen.»

Paquito hielt sein Gesicht in den um die angezogenen Knie geschlungenen Armen verborgen. Als er die Worte des kategorischen Pepe vernahm, regte sich in ihm der Widerspruchsgeist.

«Mit der Hand geht man nie ein Risiko ein», verkündete er, den Tränen nahe.

«Schhhh...» flüsterte Blanca.

«Was redest du da für einen Unsinn!» rief Casilda, ohne den Blick von ihrer Hand voller Pik zu heben oder auf ihre Bemerkung eine Antwort zu erwarten. «Blanca, hast du dich erkundigt, ob die Klosterschwestern die Flügel gebracht haben, die ich für Paquitos Faschingskostüm in Auftrag gegeben habe? Der Ball ist morgen, er soll sie gleich mal anprobieren.»

«Wozu, wenn ich doch nicht fliegen kann?»

«Willst du ihn als Mermoz verkleiden?» fragte Tere Castillo und schnippte ein Herz-As auf den Tisch. «Ich will ihn dir nicht herabsetzen, aber ich habe nicht den Eindruck, daß Paquito der Typ dafür ist...»

«Er geht als Ikarus», warf Almanza ein. «Obwohl ich mir lieber nicht vorstelle, wie er bei seiner Erkältung mit einem Gabardinemantel über der Tunika und den Flügeln aussehen wird.»

«Morgen abend ist es nicht kalt», bestimmte die Witwe, alles einsammelnd, was an Pik und Herz auf dem Tisch lag. «Also wird Paquito auch nicht wie eine Vogelscheuche herumlaufen und sein himmlisches Kostüm durch einen irdischen Gabardineüberzieher verhunzen.»

Paquito ging in der Tat ohne Mantel. Alle bewunderten die Geschicklichkeit, mit der die unbefleckten Nonnenhände Hühnerfedern eingefärbt und zusammengeklebt hatten, um seinen Ikarusflügeln Glaubwürdigkeit zu verleihen. Er verlor aber gleich zu Beginn des Balls seinen mit Goldbronze überzogenen Lorbeerkranz, und ohne ihn, immer an Blancas Rockzipfel, weil das Menschengewimmel ihm Übelkeit bereitete, beschlossen sie, dem Treiben zu entfliehen, als es gerade hitzig zu werden begann. Damit Casilda ihre Abtrünnigkeit nicht bemerkte, verzichteten sie auf den Isotta-Fraschini – dieser pflichtvergessene Kerl von einem italienischen Chauffeur würde ohnehin mit den anderen Chauffeuren auf dem Rücksitz irgendeines Wagens beim Kartenspiel sitzen, und so ließen sie ihn gar nicht erst rufen – und gingen bis zum Taxistand an der Straßenecke zu Fuß.

Auf diesem kurzen Weg überraschte sie der Regenguß, der die Flügel des unglücklichen Marquis zugrunde richtete, die schon bald aufgeweicht an seinem Körper klebten, ebenso wie das völlig durchnäßte Kostüm, so daß er fröstelnd und wie ein zitterndes Häufchen Elend im Palais ankam. In jenem Winter grassierte die Diphtherie in Madrid: Zwei Tage nach Aschermittwoch verstarb Francisco Javier Anacleto Quiñones, Marquis de Loria, kurz vor Vollendung seines 21. Lebensjahres, und ließ die Schar seiner Hinterbliebenen in tiefer Trauer zurück, vor allem seine junge Witwe – geborene Blanca Arias, Tochter des unvergessenen Botschafters von Nicaragua, wie die Gesellschaftsspalten der Zeitungen hervorhoben –, deren Schönheit im schwarzen Trauerkleid zu ganz besonderer Geltung kam, wovon sich jedermann auf der Freitreppe vor St. Hieronymus überzeugen konnte, von der aus sich der Trauerzug in Bewegung setzte.

KAPITEL DREI

Verstohlen...? Oder eher spontan, lebhaft...?

Was man so oder so auslegen konnte, gehörte zu zwei recht verschiedenen, wenn nicht gar gegensätzlichen Charakterzügen, die sie in ihrer Unerfahrenheit verwechselt hatte. So dachte Blanca, als sie, in schwarze Schleier gehüllt und die Hände in einem schützenden Muff aus Affenfell verborgen, während des ersten Frühlings ihrer Witwenschaft im Retiro-Park spazierenging. Ja, was Paquito zu dem, was die Leute gemeinhin als «Selbstverwirklichung» bezeichneten, gefehlt hatte, war vor allem die Spontaneität des Liebesakts, die durch die Ehe mit ihrer sterilen Statthaftigkeit vorbestimmter Zeiten und Gelegenheiten zerstört worden war. Sie hatte die Dummheit begangen, das einer reinen Seele naturgegebene Verlangen mit der kindlich-perversen Neigung Paquitos zu heimlichem und verborgenem Tun zu verwechseln. Da in der Ehe aber nichts wirklich verboten war, waren ihre Hoffnungen nicht erfüllt worden. Sie gedachte nicht, diesen Fehler noch einmal zu begehen. Was wäre wohl aus ihr geworden, wenn Paquitos Vorstellungen sich verwirklicht hätten? In ihrem Innern, ihrem tiefsten Innern, so tief, daß die Erkenntnis sie nur wie ein schwacher, sehr dunkler Flügelschlag streifte, ahnte sie, daß sie sich schon bald alt und verbraucht gefühlt hätte, das Gegenteil von dem wahnsinnigmachenden Verlangen nach dem für sie immer noch Neuen, das sie dazu trieb, mit federnden kleinen Schritten den Glaspalast zu umrunden und auf den Steinstufen des Weihers zu verharren, um sich im Wasser zu betrachten – wie einen herrlichen schwarzen Schwan inmitten all der weißen – und sich an ihrem in Trauer gehüllten Spiegelbild zu berauschen. Trotz der Liebe, die sie immer noch für ihren unvergeßlichen Gatten hegte, schickte sie sich in das Unvermeidliche der Tatsache, daß es ihr Schicksal war, alle Seiten des Lebens kennenzulernen. Welche der drallen Mulattinnen mit den bunten Tüchern im Haar, die ihr in der Heimat zu Diensten gewesen waren und an mondbeschienenen Gewässern voll weitaus größerer Gefahren, als diese zahmen Schwäne sie darstellten, Geschichten von Geistern und Zauberei erzählt hatten, welche von ihnen hätte in den Karten, aus denen sie unermüdlich lasen, ihr Schicksal erkennen können, das sich so wunderbar in diesem zivilisierten Teil der Welt erfüllte, in dem für eine elegante Dame von Rang, zu der die Wechselfälle des Lebens sie gemacht hatten, alles, selbst die Desillusion, klar und vorhersehbar und daher beeinflußbar war? Noch jetzt, Monate später, empfand sie den süßen Kitzel des Eichelrings, den Paquito im Rhythmus des Foxtrotts für immer in ihren Schoß gesenkt hatte, als sie zum einzigen Mal für einen flüchtigen Moment an die Grenzen der Erfüllung gestoßen waren. Ihr war, als würde dieses Körnchen Empfindung mit der Inbrunst des Frühlings, der Blüten und Früchte trieb und sich mit Säften vollsog, in ihrem ganzen Körper Wurzeln schlagen, sie gänzlich neu beleben, zart und duftend und empfänglich machen.

Empfänglich, schön und gut, aber für was und für wen? Angesichts ihres Spiegelbilds im Weiher verspürte sie einen leichten Schwindel, als brächten die erregenden Wurzeln, die nach dieser kargen Erinnerung ausschlugen, ihr Blut so in Wallung, daß ihr phantasierender Körper im Zustand aufgereizter Sinne ins Taumeln geraten könnte. Sie mußte sich selber den Rücken kehren, um dieser Anwandlung zu entgehen. Trotzdem blieb die verzweifelte Frage: Für wen, für was? Niemals mehr würde sie die zärtliche Liebe empfinden, die sie für ihren Paquito empfunden hatte; und doch war es und blieb es beunruhigend zu wissen, daß ihre Zukunft darin bestand, *alles* zu erfahren, was in den Karten der schwarzen Dienerinnen für sie und auch für andere stand. Im Augenblick jedoch war die einzige Person, die die göttliche Frucht ihres inneren Feuers ernten konnte, sie selbst, mit der zwanghaften Wiederbelebung ihrer spärlichen Erinnerung eingesperrt in ihrem Zimmer. Und indem diese einzige Erinnerung unter Seufzen und Wimmern zwischen duftenden Bettlaken hin und her gewälzt, erschöpft und herbeigefleht und die geheimnisvolle

Knospe der Lust von geschickten Fingern immer wieder neuentdeckt wurde, wusch sie sich durch die Wiederholung *ad nauseam* mit der Zeit so aus, daß es Blanca in Nächten höchster Ratlosigkeit kaum noch gelang, sich an ihr aufzurichten. Danach blieb ihr nichts anderes übrig, als unter Schrecken die Zügel ihrer Phantasie schießen zu lassen, aus denen sie erschöpft und frustriert wieder zu sich kam, in Schweiß gebadet, als hätte eine Horde finsterer Feinde sie vergewaltigt. Sie getraute sich nicht, aus den Schatten dieser Phantasien herauszutreten, obwohl sie wußte, daß die Tür weit offenstand. Noch fürchtete sie sich vor allem und allen, vor ihrer Schwiegermutter, ihren Bekannten, vor Almanza, vor Don Mamerto Sosa, den Dienern, vor den Männern und Frauen, die ihr auf der Straße begegneten und deren forschender Blick den geheimnisvollen *chic* ihrer Trauer durchdrangen, sie der Brosche beraubten, die ihr Dekolleté im Ansatz der wogenden Brüste zusammenhielt, ihres kurzen Kleidchens aus *crêpe marocain*, das der Frühlingswind an ihre Hüften schmiegte, deren Rundungen weder von Unterrock noch Höschen verschleiert wurden, der Schwanzfeder des Paradiesvogels, die der sehr breiten und sehr tief herabgezogenen Schwinge ihres Hutes zu einem anmutigen Blinzeln verhalf; ja, sie alle wollten sie ausziehen, sie berühren, ihre Haut streicheln, sich an ihrem Fleisch laben... Jede Bewegung konnte sie verraten, konnte ihnen verraten, daß sie sich in einem Zustand befand, der ihr die Fähigkeit nahm, sich jedwedem Menschen jedweden Ansinnens zu verweigern. Almanza, zum Beispiel, hielt ihre Hand eine halbe Sekunde länger als schicklich in der seinen, wenn er sich von ihr verabschiedete, und wenn er sie begrüßte, verrieten seine gezwirbelten Schnurrbartenden bei der Berührung ihrer Handknöchel unmißverständliche Absichten. Oder waren das alles nur Ausgeburten ihrer Phantasie? Es war so schwierig zu sagen...!

Blanca hegte einen gewissen Groll gegen Almanza. Sie hatte nicht vergessen, daß an jenem denkwürdigen Abend am Feuer Paquito just in dem Moment erschlafft war, als ihn in seinem Ungestüm der lüsterne Blick des Grafen traf. Später in der Nacht war der arme Paquito, der kalt wie der Mond neben ihr im Bett vor dem großen Spiegel lag, unter dem Eindruck dieses niederträchtigen Blicks zu dem Schluß gekommen, selbiger sei schuld an seinem Versagen gewesen. Die unseligen Flügel hingen noch unbenutzt über der Stuhllehne, wie die Hoffnung auf etwas, das sich nie erfüllen würde.

Paquito, nicht umsonst von Jesuiten erzogen, hatte einen Hang zum Problematisieren und Analysieren. Er war keineswegs der Gimpel, für den ihn alle hielten, und hatte schon als kleiner Junge begriffen, was die Familie und das Personal an beschämender Wahrheit zu vertuschen suchten, seit Almanza ins Haus gekommen war, sich unter den Augen und in Anwesenheit seines gutmütigen Vaters, über den bald ganz Madrid lachte, dort einrichtete und noch zu Lebzeiten des halbblinden Marquis damit begann, nach und nach alle Privilegien an sich zu reißen. Von seiner durch nichts zu rechtfertigenden Machtstellung in der Familie hatte der Sohn nun endlich genug. Nach dem Tod des Vaters hatte Almanza gar das Ansinnen gestellt, Casilda zu heiraten, woraufhin die Marquise, die offenbar nicht so dumm war, wie man hätte glauben können, ihm zur Antwort gegeben hatte:

«Eine Witwe, die wieder heiratet, verdient es nicht, Witwe zu sein.»

Und lehnte von Anfang an ab, was für sie ohnehin nur ein Zuschußgeschäft hätte werden können. So unterhielt sie den Grafen als eine Art armen Verwandten ohne feste Apanage, der vorzugsweise für die verschwenderischen Dinge des Hauses zuständig war, wie zum Beispiel den roten Sekt in der Theaterloge. Jedenfalls lebten die Marquise und Almanza – und, so argwöhnte Paquito, auch diese unverschämte Tere Castillo – auf seine Kosten, indem sie sich Verwalter, Anwälte, Bedienstete, und wer sonst noch in Frage kam, gefügig hielten und ihn, Paquito, seit er volljährig geworden, eine Unzahl von Papieren unterschreiben ließen, die er nicht einmal durchlesen durfte.

«Wenn du groß bist, wirst du es mir zu danken wissen», pflegte Casilda zu sagen.

Aber damit würde es jetzt ein Ende haben. Ja, das würde sich gleich morgen ändern, heulte Paquito, der nackt und so voller Wut im Zimmer auf und ab lief, daß sein großes, schlaffes weißes Glied wie ein Uhrpendel hin und her schwang. Er gab seinen kunstvollen Flügeln einen heftigen Tritt. Zu weiteren Taten hatte sein Zorn allerdings nicht geführt, da am nächsten Tag der Maskenball stattfand, auf den Blanca sich so freute, und er nicht das Herz hatte, ihn ihr zu verderben, und also beschloß, die Konfrontation auf den übernächsten Tag zu verschieben.

Als er tags darauf auf dem Ball die Ikarusflügel anlegte, spürte Paquito sein am Abend zuvor noch schlaffes Glied sich jetzt unwiderstehlich aufrichten, voll schwellender Kraft, die sein Entschluß ihm gab, gleich morgen Almanza und seiner Mutter entgegenzutreten und ihnen die Meinung zu sagen; sie würden sie sich anhören müssen, selbst wenn sie sich blasiert abwenden und erklären würden, er benehme sich absolut stillos. Peinlich jedoch war sein plötzliches Erstarken vor allem wegen der klassischen Tunika, die ihm gerade bis zu den Oberschenkeln reichte und unter der unmöglich etwas zu verbergen war. So ergriff er Blanca und zog sie aus dem Saal, um sie direkt nach Hause zu bringen, wo er zu beider Vergnügen vorhatte, sie umstandslos zu nehmen, ohne auch nur seine Flügel abzulegen und ohne ihr Zeit zu lassen, sich ihres Hirtenröckchens zu entledigen. Dieser Vorsatz fand das bedauerliche Ende, das bekannt ist, denn als er völlig durchnäßt das Palais erreichte, war er bereits heiser und hatte Fieber.

Obwohl die Ehe nur fünf Monate dauerte, hatte Paquito diese Zeit ausgereicht, um wichtige Vorkehrungen zu treffen. Don Mamerto Sosa, dem Geschlecht der Lorias seit undenklichen Zeiten treu ergeben, kannte sich in den Stammbäumen und Wappenbildern der Familie ebensogut aus wie in den verwickelten Geschäften, die der Quell ihres Vermögens waren. Sein altes Herz tat einen jubelnden Freudensprung, als der junge Marquis ihn nach der Rückkehr aus den Flitterwochen heimlich aufsuchte, um sich mit ihm zu beraten. Von winziger Gestalt, farblos, zerbrechlich und staubig wie eine Motte, mit winzigen Äuglein hinter winzigen Brillengläsern und winzigen, pedantische Ordnung haltenden Händen, die in pedantisch geordneten Schriftstücken blätterten, verbrachte Don Mamerto, mit stolzgeschwellter Brust und wie verjüngt ob der Ehre, einige Tage mit Paquito hinter der verschlossenen Tür seines Arbeitszimmers, deren Oberfenster aus Milchglas das geschäftige Treiben in der Kanzlei als schemenhafte Silhouetten vorüberziehen ließ, setzte ihn über Ausmaß und Belange seines Vermögens in Kenntnis und gab ihm äußerst behutsam zu verstehen, daß seiner Meinung nach einiges unternommen werden müsse, um dessen Plünderung durch jene Person zu verhindern, die – das alles war nur aus den Zwischentönen seiner mit der professionellen Diskretion eines kastilischen Anwalts vorgetragenen Worte zu erraten – letzten Endes nichts weiter war als eine aufgeblasene Andalusierin, deren Benehmen die Familie in Verruf brachte. Eine finanzielle Katastrophe habe sich bisher noch vermeiden lassen, obwohl besagte Person weit mehr dazu tendiere, von der Substanz zu zehren, als sie zu bewahren oder gar aufzustocken, eine Neigung, das konnte Don Mamerto nicht leugnen, die, wie er unter lebensbedrohlichem Räuspern zu verstehen gab, mit dem Begriff Sorglosigkeit nur unzureichend charakterisiert sei und die man, dazu lasse er sich durchaus bewegen, als Verschwendung bezeichnen könne. Auf Grund gewisser Erkundigungen, die das schamlose Pärchen eingeholt hatte, nachdem Paquito volljährig geworden war, sah der Notar sich Dinge am Horizont zusammenbrauen, die ihm absolut nicht gefielen. Man blieb besser wachsam. Aber da er, Paquito, vorläufig alles besaß, was ein Herr sich an Kleidung, Autos, Reisen und Vergnügungen wünschen konnte, und seine Frau in den angesehendsten Modehäusern Madrids unbegrenzten Kredit hatte, für dessen Deckung Don Mamertos Untergebene Sorge trugen, war es wohl ratsam, zunächst nichts weiter zu tun, als mögliche, wenn auch im Augenblick – gepriesen sei die Heilige Jungfrau Maria – noch nicht erkennbare Gefahren zu bannen. Dazu reiche ein Testament, in dem alles unanfechtbar auf Blancas Namen einzutragen sei. Bedenke man, daß das Familienvermögen so groß sei, daß es sogar für Unnötigkeiten wie Tere Castillos Logenabonnement im Königlichen Theater reiche, sei es sicher besser, den gegenwärtigen Status quo beizubehalten und zunächst, bis die Gefahr erkennbare Formen annehme, nichts zu ändern, die Dinge vorerst nicht beim Namen zu nennen. Paquito stimmte dem Geheimtestament sofort zu, das Don Mamerto – der, obwohl er nicht so wirkte, ein Mann starker Leidenschaften war – ihm mit Vergeltung im Sinn anriet, und er weihte auch gleich Blanca in ihre Rechte ein, die für den Moment die elegante Eigenschaft besaßen, nicht ausgeübt werden zu müssen.

Als Witwe zog Blanca es vor, sich den Anschein vollkommener Ahnungslosigkeit zu geben und so zu tun, als sei sie unfähig, irgendwelche Dinge zu begreifen – wie eine kostbare Luxuspuppe, die nicht zuließ, daß man ihr hübsches Köpfchen mit langweiligen Sachen quälte. Doch genoß sie das Wissen darum, daß ihre Schwiegermutter und Almanza von ihr abhängig waren, und zwar – mit einem Federstrich konnte sie sämtliche Fonds sperren lassen – auf Gedeih und Verderb. Irgendwas führten die beiden jedoch im Schilde, da sie bei keinem ihrer gemeinsamen Essen versäumten, ihr nahezulegen, wie angebracht es doch sei, die Zeit der Trauer für eine Reise in die amerikanische Heimat zu nutzen, um ihre Familie zu besuchen und mit reichen Geschenken zu erfreuen. Die junge Witwe bedankte sich für die wohlmeinenden Ratschläge, führte aber an, nicht das Herz zu besitzen, sich jetzt schon von allem, was sie an ihren angebeteten Paquito erinnere, zu entfernen. Im Augenblick seien ihre Spaziergänge im Retiro die beste Zuflucht vor dem Ansturm ihrer Gefühle.

«Solltest du sie nicht begleiten?» fragte Almanza Casilda.

«Bist du verrückt?» kreischte die Marquise, von etwas Unterschwelligem im unschuldigen Vorschlag des Grafen sichtlich aus der Fassung gebracht. «Ich hasse die Natur. Du weißt, ich kann nur auf Asphalt frei atmen und eine Blume nicht von einem Baum unterscheiden.»

Also erging sich die verwitwete Marquesita de Loria allein und, wenn das Wetter es erlaubte, täglich im Park ihrer Zuflucht, wo sie für fremde Augen – denn oft genug sah man hier und dort den gelüfteten *canotier* eines Bekannten, der sie ob ihres Schmerzes aus respektvoller Entfernung grüßte, oder beflissene Verwandte Casildas traten an sie heran – ein Wesen geheimnisvoller Trauer blieb. Ihre Ohren zierten zwei Tränen aus facettiertem Gold, deren Glanz sich unter dem schwarzen Schleier mit einem perversen Blinzeln offenbarte, hervorgerufen durch den anmutigen Gang der jungen Marquise.

Diesem Blinzeln gehörte das erste Kompliment von Tere Castillo, die beinah mit Blanca zusammengeprallt wäre, als eine von ihnen das Monument des ehrwürdigen Don Alfonso XII. in dieser Richtung und die andere es in der Gegenrichtung umrundete.

«Wahnsinnig *chic*!» rief Tere Castillo und brachte die nicht mehr ganz modischen, für sie aber typischen Hutfedern zum Wippen, die ihre ohnehin aufsehenerregende Gestalt noch monumentaler erscheinen ließen. «Warum immer so allein?»

«Woher weißt du, daß immer...?»

«Ah!» rief Tere schelmisch, wenn auch zu jeder Art von Feingefühl unfähig. «Ich habe ein Heer von Spitzeln, die mich über jeden deiner Schritte auf dem laufenden halten.»

«Nun, die Trauer... der Schmerz...»

«Flausen, meine Liebe! Wegen dieses Hanswursts von Paquito! Mit dem, was dein Mann dir hinterlassen hat, kannst du aus deiner Trauer doch machen, was du willst, mein Kind. Hier in Madrid kannst du Lehárs Operettenwitwe sein! Wer kommt denn da...? Ah, mein lieber, guter Freund...»

Der neu Hinzugekommene verbeugte sich, um Tere Castillos ausgestreckte Hand zu küssen, während Blanca daran dachte, wie sie und Paquito sich amüsiert hatten, als sie Esperanza Iris in der von Tere erwähnten Rolle hörten. Als der liebe, gute Freund sich aufrichtete, war er bemüht, den lebhaften jungen Hund zu bändigen, den er an der Kette bei sich führte, und seine Aufmerksamkeit mit Teres Vorstellung gleichzeitig auf die Marquise de Loria zu richten. Blanca betrachtete ihn, das heißt, sie kam gar nicht dazu, ihn richtig zu betrachten: Seine beeindruckende Präsenz überwältigte sie, verwirrte sie, nahm ihr den Atem, zog so aggressiv ihre Aufmerksamkeit auf sich, daß Blanca weder seinen Namen noch seine Referenzen verstand, bei deren Nennung sich Tere offenbar erstmals ihrer üblichen Boshaftigkeit enthielt.

Als der Neuankömmling seinen jungen Hund endlich zur Ruhe zu bringen vermochte, hatte Blanca ihre Fassung so weit zurückgewonnen, daß sie wie jemand, der nach einer Feuersbrunst den Schaden taxiert, ihr Gegenüber betrachten konnte. Unter schwarzem Cord wölbten sich seine Muskeln, die der Lebhaftigkeit des Hundes nun Herr wurden, und im Schatten des breitkrempigen Filzhuts, ähnlich denen einiger Künstler, wie Blanca sie aus den

Illustrationen von Rafael de Penagos oder Echea für *La Esfera* kannte, blitzten arrogante Augen wie die harten Innenflächen gespaltenen Lavagesteins, zugleich aber auch wie Samt, während sein Lächeln eine starke Zunge und große, schimmernde, fleischlüsterne Zähne enthüllte, die ein tiefschwarz wuchernder Vollbart umgab. Paquito war unbehaart gewesen. Blanca versuchte sich in der Konversation einer kultivierten Dame, brachte jedoch kein Wort über die Lippen, da der Ansturm ihrer Phantasien sie in stummen Bildern ertränkte, Bilder dieses Barts zwischen ihren Schenkeln, dieser kraftvollen Zunge im vertikalen Rausch bis zum Selbstvergessen, dieser Zähne, die grausam in das feuchte Vlies ihres Venushügels bissen, des heiß dampfenden Atems im Kampf mit dem spielenden Hund, der an der Kette zerrte, so daß ihre ganze siedende Weiblichkeit sich im Fruchtfleisch jenes Kanals sammelte, der bis in die innerste Tiefe ihres Wesens führte.

«... auf dem Bild, das Archibaldo von mir malt, trage ich ein Tuch um den Kopf und einen Korb Rotbrassen im Arm, als wäre ich eine galicianische Fischerin, und dabei bin ich eine reinblütige Andalusierin ...»

Wortfetzen von Tere, die Blanca kaum aufnehmen konnte, da ihr Herz sich vor Schreck zusammenzog, als sie bemerkte, wie feucht ihr zarter Schoß geworden war – Fiebertau, hervorgerufen durch die Nähe des Malers, der sicher längst ihren glühenden Kreolinnenduft gewittert hatte, den nicht einmal ihr «L'Heure Bleue» zu überdecken vermochte. Das schlimmste aber war, daß der feuchte Fleck bestimmt auf ihrem Kleid zu sehen war, das der Frühlingswind gegen ihre Schenkel preßte. Anstatt seinen Blick über die Boote auf dem See schweifen zu lassen, musterte Archibaldo sie mit einem dreisten Lächeln, das weder Achtung vor ihrem Stand noch vor ihrer Trauer kannte, von den Waden bis zu den Hüften, zur Taille und zu den Brüsten, als müsse er sich nicht die geringste Zurückhaltung auferlegen, da zwischen ihnen beiden ein Einvernehmen über die sexuelle Unbekümmertheit der Jugend bestand, das Tere ausschloß.

Aber sie hatte mit niemandem ein Einvernehmen. Sie war sie, die Marquise de Loria, eine Dame, Herrin ihrer selbst und vieler anderer Personen und Dinge! Sie hieß überhaupt nichts gut! Sie tolerierte nicht einmal das eigene Erröten über die Gewißheit, daß ihre hartnäckigen Phantasien von diesem Bart, der sie zwischen den Beinen kitzelte, ihr Kleid befeuchtet hatten, und das an so auffälliger Stelle, daß der Maler und die perverse Tere es bemerkt haben mußten, obwohl sie es durch allerlei Handhabungen ihres Affenfellmuffs zu verbergen suchte. Unter dem Vorwand, zu einer Verabredung mit Don Mamerto Sosa – die einzige respektable Persönlichkeit, die ihr in diesem verwirrenden Moment in den Sinn kam – zu spät zu kommen, und nach hastigem Abschied von den beiden, die zweifellos ein Liebespaar waren, kehrte sie ihnen den Rücken. Sie eilte die Stufen der Anlegestelle zum Denkmal hinauf, mit einer Hand den Hut haltend, der ihr davonzufliegen drohte, und mit der andern, die den Muff hielt, ihr Kleid gegen den Körper pressend, damit der Frühlingswind es nicht höher wehen und noch mehr als jenen Streifen nackter Haut zwischen Strumpfband und Kleidsaum entblößen konnte, den der letzte Flammenblick des Malers traf. Von unten genoß er das Schauspiel ihrer Flucht, ohne es der Mühe für wert zu befinden, seinen Hund zum Schweigen zu bringen, der gar nicht mehr aufhören wollte, hinter ihr her zu bellen.

Aber sie floh vor nichts und vor niemandem! sagte sie sich, als sie oben angekommen war, als das Gebell nicht mehr an ihre Ohren drang und sie der Puerta de Alcalá zustrebte. Es stimmte, daß sie eine Verabredung mit Don Mamerto Sosa hatte, dessen Kanzlei zwei Straßen weiter lag. In der Serrano beschleunigte sie ihren Schritt, als könne sie in der Kanzlei, in der jeder ihre Anordnungen aufs Wort befolgte, den Seelenfrieden finden, dessen sie so sehr bedurfte. Don Mamerto war ihr treu ergeben, er würde ihn ihr zu verschaffen wissen.

In den Schaufenstern, an denen sie vorbeikam, sah sie ihr flüchtiges Spiegelbild. Jetzt, da der Wind ihren Trauerschleier vollends hochgeweht hatte, blinzelten die goldenen Tränen an ihren Ohren so vieldeutig, daß kein Schuhputzer oder Müßiggänger es sich nehmen ließ, sie mit einem Pfiff oder einem fröhlichen Kompliment zu beehren, so daß sie Mühe hatte, ihre trotzige Witwenhaltung zu bewahren und nicht loszulachen. Im Aufzug, der sie in den dritten Stock brachte, hatte sie das Gefühl, dieser mechanisch bewegte Beichtstuhl sei ein Resonanzgehäuse ihres zornig pochenden Herzens, ein versiegelter Sarg für ihre fast unerträgliche Ausdünstung empörter Weiblichkeit, vermischt mit dem Pariser Guerlain. Sie riß die Fahrstuhltür auf, riß die Tür zum Notariat auf, ohne die Sekretärinnen zu grüßen, denen gegenüber sie sich stets in Freundlichkeit geübt hatte, um die Schlichtheit ihres Standes zu betonen, riß die Tür zu dem kleinen Büroraum voller vergilbter Akten auf, die sich auf dem Fußboden, dem Chesterfieldsofa und dem Schreibtisch häuften, hinter dem Don Mamerto zwischen all den Stößen kaum zu sehen war, und schlug sie ebenso heftig wieder ins Schloß. Der alte Mann zeigte keine andere Reaktion, als angesichts des ungestümen Eintretens der Marquise zu erblassen, die ihrerseits so erregt war, daß sie sich umstandslos auf die Schreibtischkante setzte, ohne ihn wie sonst ehrerbietig zu begrüßen, und, ihm den Rücken zukehrend, niedergeschlagen den Kopf auf ihre herrliche Brust sinken ließ. Don Mamerto, trotz seiner Jahre ein vollendeter kastilischer Kavalier, rückte seinen Stuhl zurück, knöpfte seine Weste zu, die er geöffnet hatte, um bequemer arbeiten zu können, und kam räuspernd und hinkend auf die Beine. Eine Hand auf den Schreibtischrand gestützt, ging er um den Tisch herum, um der so hoch- und wohlgestellten Dame seinen Willkommensgruß zu entrichten.

Auf ihrer Seite angelangt, sah er, daß sie mit einer Hand ihre Augen bedeckte, als wolle sie Tränen verbergen, und ihren Körper mit der andern auf dem Schreibtisch abstützte, dessen Kante, bemerkte der alte Herr, sich tief in das geschmeidige Fleisch ihres prächtigen Hinterteils grub. In einem ersten Impuls wollte er seine hinter der Milchglasscheibe tätigen Angestellten rufen, damit sie Riechsalz, Melissengeist oder vielleicht ein Schnäpschen brächten, doch nahm er Abstand davon, nachdem er seine winzige Goldrandbrille aufgesetzt und sich diese überaus pathetische Schmerzensgestalt ein wenig genauer angesehen hatte. Er begriff, daß die Leiden der Marquise nicht von der Art waren, die mit Arzneien kuriert werden konnten. Don Mamerto schickte sich daher an, ihr eine vielleicht wirkungsvollere Tröstung zuteil werden zu lassen, indem er mit seinen runzeligen, von Altersflecken übersäten Fingern behutsam die auf den Schreibtisch gestützte Hand der jungen Dame berührte.

Blanca beobachtete alles durch einen Spalt zwischen den Fingern ihrer Handschuhe: die hinter dem Milchglasfenster hin und her huschenden Gestalten, den rührend kraftlosen Gang des Alten, der sich ihr im offenkundigen Bestreben näherte, ihr zu Gefallen zu sein. Sie spürte ein sonderbares – und nicht unangenehmes – Zusammenziehen ihres Geschlechts, als sie sah, daß unter seinen Hosenbeinen und oberhalb der Gamaschen die verheißungsvollen Spitzen makellos weißer Strumpfbänder hervorlugten, die zweifellos dazu dienten, seine lange Unterhose an den Socken zu befestigen. Wie jemand einem Großvater eine Zärtlichkeit gestattet, gestattete sie Don Mamerto die zärtliche Zutraulichkeit seines Versuchs, mit einem leichten Tätscheln ihrer behandschuhten Hand ihr namenloses Leid zu lindern.

«Weinen Sie nicht, Kindchen...» murmelte der alte Mann, der schon nicht mehr nur ihre Hand streichelte, sondern liebevoll um ihr wundervolles Handgelenk strich, das eine schlichte Patek Philippe zierte. «Sie haben doch alles, um glücklich zu sein: Jugend, Schönheit, ein riesiges Vermögen, für das ich geradestehe, wie auch meine ganze Familie und alle meine Angestellten. Was wollen Sie mehr? Natürlich, der arme Paquito...»

Blanca erbebte schluchzend, als sie den geliebten Namen hörte. Fast schwanden ihr die Sinne, so daß der arme Alte sich gezwungen sah, ihren jungen Leib mit seiner Altersschwäche abzustützen, indem er seinen Arm um ihre Taille legte, damit die Marquise nicht fiel. Ihr Kopf sank auf seine selbstlos dargebotene väterliche Schulter. Ja, Don Mamertos Altmännergeruch nach verwittertem Stärkemehl und vergilbtem Papier besänftigte ihre Sinne. Ihre Hand streichelte sanft die Pergamenthaut seines Gesichts, in dem nicht die Jugend, sondern das Alter den Bartwuchs behinderte, und fühlte an ihrer Brust das zappelnde Herz dieses Mannes, dessen Aufgabe darin bestand, alles zu tun, was sie verlangte. Ihre Hand fuhr über die weit aufgerissenen Augen des Notars, die hohlen Wangen, die Hautfalten unter dem Kinn und über den Hals, der sich im steifen Kragen seines Hemds verlor, glitt an seiner Brust hinunter, in der das Herz schier zerspringen wollte, zu seinem Bäuchlein, das sich unter dem Hosenbund spannte, bis sie dorthin gelangte, wohin sie gelangen wollte: an den Ort der Tröstung. Aus den Augenwinkeln beobachtete sie, sicherheitshalber, die vorüberhuschenden Schatten, die im matten Glas einen Moment vereisten und gleich wieder zerschmolzen, lauschte dem Hämmern der Schreibmaschinen – alles nahm seinen gewohnten Gang. Auch sie konnte in ihrem Tun fortfahren, da Don Mamerto unvermindert entschlossen war, ihr gefällig zu sein. Leise wimmernd, ihren Kopf auf der väterlichen Schulter aufstützend, öffnete sie die Knöpfe, und zum Vorschein kam winzig, aber, das war nicht zu übersehen, erstaunlich wirkungsvoll für sein Alter das kleine, herausfordernd aufgerichtete Horn, just, wie sie es in diesem Augenblick brauchte. Sie hob ihr Kleid und öffnete ihre Schenkel, immer noch winselnd und die Tür beobachtend. Nun ging der alte Herr mit solch kunstvoller Hüftgelenkigkeit zu Werk, daß er ohne Schwierigkeit in ihren Körper drang, dessen feuchte Erwartung sich seit dem Retiro in aller Frische erhalten hatte. Blanca unterdrückte ein lustvolles Stöhnen in den Armen Don Mamertos, der sie in seine erregenden Bewegungen hineinzog, bis ihr Schluchzen nur noch Ausdruck reinster Wonne war, sie die Hüften kreisen ließ und das stärkende Aroma der Willfährigkeit, ein wenig mürbe zwar, aber normal, männlich und sauber, tief in sich einsog, derweil Don Mamerto sie mit geschickten Paraden in einen beschleunigten Rhythmus drängte, von dem sie sich mit angehobenen Beinen und hochgerutschtem Kleid fortreißen ließ, während sie auf der äußersten Kante des Schreibtischs saß und die Federkrempe ihres Huts das Haupt des Alten bedeckte, der langsam außer Atem geriet. Blanca vermißte die Berührung seiner Hände. Wo hatte dieser wunderbare Mann nur seine Hände, die er weder brauchte, um sie, noch um sich selbst zu erregen? Im minutenlangen Strudel dieses bedrohlichen Wahnsinns wurde Don Mamerto gefährlich kurzatmig, ebenso wie sie selbst, so kurzatmig, daß er in dem Augenblick, in dem er sie überschwemmte und sie ihn als Antwort in einem kurzen, stürmischen Orgasmus an sich preßte, abrupt in vollkommene Reglosigkeit verfiel, als wolle er, ohnmächtig und ohne Atem wie sie, diesen Moment in die Ewigkeit hinüberretten. Der alte Mann und die junge Marquise verharrten eine Sekunde vereint in ihrer Umarmung, in der sie sich vorzustellen versuchte, welches Verhalten wohl angemessen sei, nachdem sie sich voneinander gelöst hätten. Don Mamerto war in der Tat winzig, federleicht und so zerbrechlich, daß sie ihn wie ein Vögelchen hätte hochheben können und Gefahr lief, ihn zu zerquetschen, wenn sie ihre klammernden Schenkel herunternahm, um ihr Kleid über Strumpfgürtel und Strümpfe zu ziehen, die ihr bis unter die Knie gerutscht waren. Während Blanca das Protokoll ihres Vorgehens nach Auflösung der Umarmung festlegte, die jetzt erfolgen mußte, hielt er sich noch in ihr, allerdings ohne einen Funken von Leben. Voller Entsetzen bei diesem Gedanken, und da sie bemerkte, daß der alte Mann langsam an ihrem überaus lebendigen Körper herabglitt, zusammensank wie ein leeres, formloses Hemd, ohne sich irgendwo festhalten zu können, sprang Blanca auf die Beine. Losgelöst von ihr, fiel Don Mamerto geräuschlos zu Boden, bleich und tot.

Die Marquise schlug ihre Hand vor den Mund, um einen Schreckensschrei zu unterdrücken, den sie noch zurückhalten konnte, da ihr gleichzeitig ein Gedanke kam. Unverzüglich kniete sie sich neben den am Boden liegenden Körper, steckte das gütige winzige Geschlecht des alten Herrn in seine Wäsche zurück, knöpfte ihm die Hose zu und verrieb die Flecken, die die Liebe darauf hinterlassen hatten. Aus ihrer Handtasche nahm sie einen brillantbesetzten Kamm aus Schildpatt, kämmte damit die wenigen zerzausten Haare ihres Freundes und richtete den Körper so, daß es nach einem natürlichen Sturz aussah. Neben ihn legte sie eine Akte, die sie vom Schreibtisch nahm und die den Ernteertrag von 10 000 Walnußbäumen eines im Besitz der Lorias befindlichen Gutes in Andalusien betraf. Danach richtete sie sich selbst in aller Eile her, erneuerte Lidstrich und Lippenstift, puderte ihre Wangen, zog die Strümpfe hoch, befestigte die Strumpfbänder und steckte zuletzt ihren Hut mit der langen Hutnadel fest. Dann, als sie Don Mamerto Sosa zu ihren Füßen liegen sah, überwältigt vom Schmerz über das Dahinscheiden des alten Mannes in einer derart intimen Situation, voller Schrecken angesichts des Verlusts, der sie schutzlos diesen Hyänen von Schwiegermutter und Graf Almanza auslieferte, stieß Blanca Loria einen gellenden Schrei aus, auf den hin sogleich die Angestellten und Don Mamertos Söhne herbeieilten. Erst dann gestattete sich Blanca eine Ohnmacht.

KAPITEL VIER

Die junge, verwitwete Marquise de Loria war jedoch keineswegs ohne Schutz.

Als sich vor St. Hieronymus der Trauerzug formierte, an dem sie vollzählig teilnahmen, Blanca, Casilda, Tere Castillo, alle in strengem Schwarz, als handle es sich bei dem Verstorbenen um ein geliebtes Familienmitglied, konnte die junge Marquise feststellen, daß ihr bisher etwas entgangen war, was sie nun als höchst beruhigend empfand: Don Mamerto war weder das einzige Exemplar seiner Gattung gewesen noch war er unersetzlich. Im Gegenteil, wie die Orgelpfeifen standen da seine Söhne und Enkel, vom Ältesten bis zum Jüngsten, nahmen die Kondolenzen der Trauergäste entgegen, verabschiedeten sich und marschierten einer nach dem anderen zu den Fahrzeugen des Trauerzugs – wie Spielzeugenten, die von Kindern an einer Schnur gezogen wurden und die einmütig mit den Köpfen nicken, sobald sie sich in Bewegung setzen –, alle winzig, alle ein wenig vergilbt und zweifellos alle treue Ergebene Blancas, der neuen Herrin der Güter des Hauses Loria. Die Frau eines der jüngeren Mamertos trug einen Säugling im Arm. Nachdem der Trauerzug ihren Blicken entschwunden war und die untröstlichen Damen noch auf den Stufen von St. Hieronymus verweilten, um die herrliche Pracht der Blumen zu bewundern, mit denen die junge Marquise die Kirche hatte füllen lassen – nur weiße, wie zu einer Hochzeit, bemerkten sie –, bat Blanca die Schwiegertochter des Verstorbenen, den Enkel auf den Arm nehmen zu dürfen, der ebensowohl ein Urenkel sein mochte. Während Blanca ihn in ihren Armen wiegte und ihm Schmeicheleien zuflüsterte, tasteten sich ihre Finger in die Windel vor, um festzustellen, ob diese Kreatur, die Don Mamerto zum Verwechseln ähnlich sah, ihm weiter unten ebenfalls ähnelte.

Kaum hatte sie es berührt, da richtete sich das winzige Hörnchen auf und stellte sich zu ihren Diensten, genau wie das des Verblichenen und ebenso, vermutete Blanca, wie es die glücklicherweise zahllosen anderen Mamertos tun würden. Das den Umstehenden unter Tränen, die allen sehr zu Herzen gingen, verkündete Verdikt der Marquise lautete, daß die Zeit kommen werde, da dieses Geschöpf, das sie in ihren Armen halte, das lebende geistige und fleischliche Abbild jenes vorbildlichen Menschen sein werde, der der Anwalt und Notar Don Mamerto Sosa gewesen war.

«Diese geschmacklosen Amerikanerinnen können keine Peinlichkeit auslassen», flüsterte Casilda ihrer Freundin Tere Castillo ins Ohr.

Aber Blanca, die hörte, wie Tere antwortete, daß es sich möglicherweise um eine Kriegslist der Ausländerin handle, um die Familie Sosa auf ihre Seite zu ziehen, zweifelte keinen Augenblick, daß, sollte sie sich mit irgendeinem Anliegen an die Familie des Toten wenden müssen – selbst ohne die Tränen, die doch so aufrichtig gewesen waren –, jedes einzelne Glied der Familie sich dazu bereitfinden würde, ihr mit der gleichen ausgesuchten Zuvorkommenheit gefällig zu sein wie Don Mamerto bei jener unglücklichen Gelegenheit.

Am Tag nach der Beerdigung wurde Blanca – eigentlich nur, um sich dieser Ergebenheit zu versichern – im Büro der Sosas vorstellig. Da sie in Gedanken bei ganz anderen Dingen weilte, hatte sie sich kein konkretes Problem zurechtgelegt, das sie ihnen unterbreiten konnte, so daß sie, als der sie empfangende Mamerto hinter demselben mit Schriftstücken überhäuften Schreibtisch hervorkam, an dem sein Vater gesessen hatte, und ihr einen Platz am anderen Ende des Chesterfieldsofas anbot, ihm eine Bitte vortrug, die ihr spontan in den Sinn kam. Sie wollte ein Ganzporträt von Paquito, verkleidet als Ikarus, in Auftrag geben, um es neben denen seiner Vorfahren in Alarcón de los Arcos aufzuhängen. Sie bat den Notar, sich in ihrem Namen mit Archibaldo Arenas in Verbindung zu setzen, einem Porträtmaler, der in der Madrider Gesellschaft zur Zeit sehr geschätzt wurde. Ob er so freundlich sei, Preise in Erfahrung zu bringen, dem Mann Fotografien von Paquito zukommen zu lassen, wie auch das, was von den Flügeln und dem Kostüm noch übrig war, eine Vorabskizze zu erbitten und einen Ablieferungstermin festzulegen? Nachdem der Notar sich ein paar Notizen gemacht hatte, bat er die Marquise, sich gütigerweise der Mühe zu unterziehen, ihn zu einem Gespräch mit den übrigen Sosas zu begleiten, allesamt Abkömmlinge des verblichenen Don Mamerto, die sich gleich nach Bekanntwerden des Besuchs der Marquise zusammengefunden hatten und sie erwarteten. Es waren acht oder zehn, die, nachdem sie Blanca umdrängt hatten, um ihr die Hand zu küssen, an einem großen Tisch Platz nahmen, dessen Vorsitz zu übernehmen sie Blanca antrugen. Sie beabsichtigten, sie über gewisse vertrauliche Dinge zu unterrichten, die, so der Mamerto, der sie heute empfangen hatte – vielleicht auch ein anderer, denn da die jungen wie die alten alle gleich aussahen und gleich winzig waren, konnte man sie nicht nur äußerst schwer unterscheiden, sie verstand auch gar nicht, was genau sie von ihr wollten –, dringender Erledigung bedurften. Ihr süßes Köpfchen, das eine *cloche* aus schwarzem Lackleder zierte, die mit einer silbernen Spange über dem Ohr befestigt war, hatte ganz anderes als die ernsten Dinge im Sinn, die ihr erklärt werden sollten, und ihr Blick schweifte vom einen zum anderen der älteren, der jungen und der ganz jungen Sosas, stellte sie in einer Reihe, nach Größe geordnet, auf den Tisch und entkleidete sie, um sich vorzustellen, welch stimulierende Wirkung ihre eigene, nackt getanzte Sarabande auf jeden einzelnen von ihnen ausüben würde, wie rasch sie einer nach dem anderen durch die bloße Berührung ihres Körpers tot umfallen würden, all diese gestärkten Hemdkrägelchen, diese pedantischen Händchen, die brav auf der Tischplatte lagen, als wollten sie sich gleich zum Gebet falten, diese Äuglein hinter den Brillengläsern, die sie ungläubig anstarrten ob ihrer frivolen Unaufmerksamkeit, ob des Lächelns, das um ihre herrlichen, geschürzten Lippen spielte, ob des Lachens, das sie erblühen ließ, als sie die ganze Familie nackt und doch so adrett dort oben stehen sah, und ob des schallenden Gelächters, das Blanca nun wirklich nicht mehr unterdrücken konnte. Sie reichten ihr ein Glas Wasser zur Beruhigung ihrer armen Nerven, während der Gebildetste der Sosas ausrief: *«Ridi pagliaccio...»*, damit die übrigen sich das überwältigende Leid der sensiblen kleinen Marquise angetan sein ließen.

Nachdem sie sich wieder beruhigt hatte, bemühte sich der wortführende Mamerto, ihr möglichst taktvoll zu verstehen zu geben, daß während der Abwesenheit der Mutter Marquise, Doña Casilda, die sich für eine Weile in Paris aufhielt, um dort ihre Sommergarderobe für den Strand von Biarritz zu erstehen, Graf Almanza verfügt hatte, vielleicht in Überschätzung seiner Stellung oder aus allzu großer Sorglosigkeit über die nicht unbeträchtlichen Einnahmen aus dem Verkauf der Walnußernte aus dem andalusischen Besitz der Lorias – also aus meinem Besitz, dachte Blanca – an eine Schweizer Schokoladenfabrik, daß er also verfügt hatte, ein Rennpferd aus England zu erwerben, das zwar von makellosem *pedigree*, doch noch völlig unkalkulierbarer *performance* sei.

«Almanza?» fragte Blanca, mit einemmal wachsam wie ein beutewitternder Fährtenhund.

Während sie sich den Vorgang in allen Einzelheiten, mit Zahlen und Daten wiederholen ließ und diesmal höchst aufmerksam zuhörte, konnte sie es nicht lassen, auch den abwesenden Edelmann zu entkleiden, der, nackt auf dem Konferenztisch, die winzigen Sosas nicht nur an Gestalt, sondern vor allem in der muskulösen Virilität seiner sportlichen 40 Jahre übertraf. Der Gedanke an den Grafen war wie ein frischer Windhauch, der durch die abgestandene Luft des Kanzleizimmers wehte, wie der Blick auf eine animalische Pracht inmitten all des Papiers, wie der Inbegriff von Müßiggang, von Ungezwungenheit und Vergnügungssucht im Angesicht von soviel Biederkeit und Pflichtbewußtsein. Ja, Almanza war ein Taugenichts, das hatte Paquito ihr schon gesagt. Aber er sollte sich nur vorsehen, sie war eine Wildkatze vom neuen Kontinent und schämte sich dessen nicht, wenn sie auch ihre Ungezähmtheit hinter einem Schleier von Zivilisation verbarg, den sie doch jederzeit bereit war, von sich zu reißen, besonders wenn es darum ging, sich eines Zynikers zu erwehren, der sie als Opfer gewählt hatte. Sie bat die erstaunten Sosas, dem Grafen Almanza kein Wort zu sagen. Sie selbst werde die Angelegenheit mit ihm bereinigen. Fürs erste sollten sie nichts weiter tun, als die Rechnungen, die Casilda aus Paris schickte, kommentarlos zurückgehen zu lassen. Sie hatte es endgültig satt. So satt, daß sie, falls man sie weiterhin so schamlos ausnutze, ihr gesamtes Vermögen flüssigmachen und halb Nicaragua aufkaufen werde, um darin unbehelligt nach Herzenslust zu walten, und Casilda und Almanza zusehen könnten, wo sie blieben. Als sie in den Gesichtern der versammelten Sosas den Schrecken angesichts eines solchen Vorhabens sah, das mit keineswegs rosigen Aussichten für ihre eigene Zukunft verbunden war, beschloß sie, diese Gedanken erst einmal unvollendet im Raum schweben zu lassen, und lief hinaus, nicht ohne zu wiederholen, sie habe es satt, gedemütigt zu werden, doch ohne sich von den Sosas zu verabschieden, die mit offenen Mündern um den Tisch herum standen.

Blanca ging zwei Häuserblocks die Serrano hinab, ohne vor einem einzigen Schaufenster stehenzubleiben. An der Puerta de Alcalá sah sie auf ihre Patek Philippe: ja, auch wenn es bereits ein wenig spät war, würde ihr der wundervolle Abendhimmel über Madrid noch mindestens eine Stunde erhalten bleiben, die sie zu einem Spaziergang im Retiro nutzen konnte, der ihr helfen würde, das unangenehme Erlebnis zu vergessen.

An diesem Abend war es allerdings so, daß Blanca Loria recht eigentlich weder den Park noch den Himmel genoß, denn kaum war sie eingetreten, stand Archibaldo Arenas vor ihr, als hätte er auf sie gewartet. Mit seinem schwarzen Schlapphut und dem Umhang, den riesigen grauen Hund an der straff gespannten Kette, an der das Tier zerrte, als wolle es sie zerreißen, um davonjagen zu können, nahm er ihr den Blick auf die Parkanlagen und beanspruchte das gesamte Blickfeld der jungen Marquise. Er begrüßte sie so unbefangen, daß Blanca es nach einem Moment der Überraschung als äußerst angenehm empfand, mit einem derart entzückenden Begleiter über die Wege des Parks zu spazieren. Sie sprachen und lachten über Tere Castillo, die ein sehr schwieriges Modell war, weil sie einmal wie ein Zigeunermädchen von Anglada Camarasa gemalt werden wollte, und dann, wenn das Bild fast fertig war, fiel ihr ein, aufgestützt auf eine griechische Säule als Denkerin posieren zu wollen, und dann wieder als englische Amazone. Blieb abzuwarten, wie lange ihre Begeisterung für die Fischerin mit dem Korb voller Rotbrassen à la Alvarez de Sotomayor anhalten würde... Tere war unmöglich, erklärten sie, stimmten jedoch beide darin überein, daß sie eine unterhaltsame Person war und einen dadurch entschädigte.

Sie standen einen Moment schweigend nebeneinander, der Hund still an ihrer Seite, als verstehe er sie, und blickten auf das graugelbgrüne Wasser des an diesem Abend so friedlich daliegenden Sees. Der Maler nahm seinen Schlapphut ab, um den sanften Abendwind durch sein wundervoll dichtes schwarzes Haar wehen zu lassen. Das Licht der tiefstehenden Sonne enthüllte Blanca eine zuvor nicht bemerkte Jugendlichkeit seiner Züge, die ihr fast so verletzlich erschienen – obwohl sie inständig flehte: o Gott, nein, diesmal bitte nicht! –, wie die von Paquito. Überrascht stellte sie fest, und sie war sich nicht sicher, ob angenehm oder unangenehm überrascht, daß die Augen des Malers keineswegs schwarz waren, wie sie geglaubt hatte, sondern hell, grau oder gelb wie das Wasser, vor dem sie standen, und von exakt der gleichen Farbe, sie bemerkte es mit einem Frösteln, das die Empfindsamkeit ihres Geistes in die herrliche Gefühlswelt ihres Körpers zurückfliehen ließ, wie die Augen des Hundes, der wie sie auf den See hinaussah. Augen von der Farbe des Mondes, sagte sich Blanca. Und um von ihren Gefühlen nicht gänzlich überwältigt zu werden, fragte sie Archibaldo: «Wie heißt er?»

«Wer?»

«Der Hund.»

«Luna.»

«Aber er ist doch kein Weibchen...»

Blanca errötete, da ihre Worte verrieten, daß sie etwas beobachtet hatte, das einer Dame nicht anstand: daß Luna in kuscheliges, hellgraues Flanell gekleidet war, das ihn vollständig umhüllte, selbst jene Teile, die anzusehen unanständig war, sie aber dennoch zu ihrer unpassenden Bemerkung verleitet hatten. Blanca versteifte sich, gab sich sehr *chic*, sehr unnahbar, und ihr Blick verlor sich im Nichts, als könne sie dadurch das Fühlen ausschalten, das nach ihren letzten Worten eine Lawine von Begehrlichkeiten hatte aufleben lassen, die sie im Moment nicht zulassen wollte – und auch dem Impuls widerstehen, sich irgendwo zu verkriechen, wo weder der Mann noch der Hund sie fänden, einem Impuls, dem der gegenläufige in nichts nachstand, sich ein klein wenig vorzubeugen, um ein bißchen, ein kleines bißchen nur, die heiße Nähe von Archibaldos Körper zu spüren. Als verstehe er sie und wolle ihr zu Hilfe eilen, begann Luna wieder wie toll herumzuspringen und sich um sich selbst zu drehen, besessen von einem unwiderstehlichen Zwang, den Blanca lieber nicht zu ergründen suchte, um ihn nicht in sich selbst ergründen zu müssen. Archibaldo bemühte sich unterdessen, mit abwechselnd gebieterischen und schmeichelnden Worten und mit der sehnigen Kraft seiner Arme den jungen Hund zu bändigen, der Blanca mit seiner Kette umwickelte. Als Archibaldo versuchte, sie zu befreien, schleuderte er bei einem herrischen Ruck an der Kette Blancas lacklederne *cloche* zu Boden, woraufhin sich ihr Haar über ihre Schultern ergoß.

«Warum lassen Sie das arme Tier nicht frei herumlaufen?» fragte sie, nachdem sie die Kette endlich abgeschüttelt hatte und sich daranmachte, die *cloche* wieder festzustecken, während sie viel zu schnell vorwärtshasteten, weil Luna so heftig zog.

«Setzen Sie den Hut nicht auf...»

«Sind Sie verrückt? Ohne Hut in der Öffentlichkeit? Gefällt er Ihnen etwa nicht?»

«So wie eben, mit wallendem Haar und dem im Abendlicht leuchtenden See im Hintergrund, würde ich Sie gerne malen.»

«Das wird nicht möglich sein, da ich sie mir *à la garçonne* schneiden lassen werde, das trägt man jetzt...»

«Ich verbiete Ihnen eine solche Verrücktheit.»

«Warum lassen Sie das arme Tier nicht frei, dann könnten wir etwas langsamer gehen...»

«Er ist noch zu jung und zu dumm, er könnte davonlaufen.»

«Der Ärmste.»

Die Sonne versank hinter den Bäumen. Der Park war um diese Zeit wie ausgestorben. Ohne zu wissen, wie – oder hatte er es, wie gewiß auch mit anderen schon, so eingerichtet? –, fand Blanca sich plötzlich an einem von dunklen Hecken umgebenen Ort, an dem, dachte sie, und ihr Geschlecht zog sich vor Schreck zusammen, er oder sonstwer sie erwürgen könnte, mit Lunas Kette beispielsweise, ohne daß es jemand bemerken würde. Doch Luna bellte und sprang, weil er spielen wollte, und begann erneut, als sei er darauf abgerichtet, Blanca mit seiner Kette einzuwickeln.

Während die Hände des Malers sie befreiten, kam sie zu dem Schluß, daß es an der Zeit war, ärgerlich auf ihn zu werden. Aber bevor sie ihren Entschluß in die Tat umsetzen konnte, nahm er sie in seine Arme. Sie konnte es nicht lassen, sich ein wenig zu winden, um ihren herrlichen Leib, den sie zum erstenmal als Ganzes wahrzunehmen schien, gegen den von Archibaldo zu pressen, der mit seinem drängenden Knie zwischen ihre Schenkel zu gelangen suchte. Indem sie sich aufs anmutigste sträubte, ergab sie sich ihm nach und nach und stets ein bißchen mehr, und indem sie ihm ihre Lippen verweigerte, ließ sie zu, daß er ihr Gesicht mit Küssen bedeckte, ihren Hals, ihren Nacken, bis sie nicht mehr konnte und ihm ihren Mund darbot, den er mit seinen Lippen öffnete und mit seiner begehrlichen Zunge durchwühlte, die ihr den Atem nahm. Er mußte den Hund loslassen, der davonstob und, seine Kette hinter sich her schleifend, im Halbdunkel des Parks verschwand. Archibaldos Hand glitt unter ihr Kleid, und Blanca konnte seine wonnige Überraschung fühlen, als er kein Höschen fand und die seidige Haut ihrer Hüften streichelte, die süße Wölbung ihres Bauchs, die sich nach unten im feuchten Flachs ihres Dschungels verlor, den diese Hand nun liebkoste. Sie löste sich von seinem Mund und flüsterte ihm ins Ohr: «Nicht hier...»

«Wo?»

«Wolltest du mich nicht malen?»

«In meinem Atelier.»

Noch immer küßten sie sich, streichelten sich...

«Mit wie vielen hast du... in deinem Atelier...?»

«Ist das wichtig?»

Nein, dachte Blanca. Außerdem war Luna zurückgekommen, der verspielt und glücklich an ihnen hochsprang, als wolle er Archibaldo und Blanca küssen, so daß sie aufhören mußten. Während er die Kette des Hundes aufnahm, richtete sie ihr Äußeres wieder her und hörte ihn drängen: «Wann... wann...?»

Sie verließen das Heckendickicht und traten auf den Weg.

«Morgen, um sechs. Treffen wir uns wie zufällig am Haupteingang der Post...»

Es war nicht Archibaldo, sondern Blanca, um die Luna herumschwänzelte, an deren Beine er sich schmiegte, an der er hochsprang, daß sie fast umfiel, und die er zum Lachen brachte. Wenn er sich einmal beruhigte, was nur selten vorkam, kraulte sie ihm liebevoll das Fell, während die drei dem Ausgang der Puerta de Alcalá zustrebten, da es dunkel zu werden begann.

«Geh hier hinaus», bat Blanca, «durch die Puerta de Lagasca. Ich nehme den anderen Ausgang. Bis morgen...»

«Adios...»

Als Blanca sich entfernte, begann Luna derart zu winseln und an der Kette zu zerren, daß sie schließlich stehen blieb, sich umwandte und lachend fragte: «Luna, mein Herz, was hast du denn?»

«Er will mit dir gehen.»

«Ach, der Arme...»

«Warum bemitleidest du ihn?»

«Wer sein Herz an mich verliert, der muß leiden.»

Paquito. Don Mamerto. Der Maler lachte spöttisch und sagte: «Der hier nicht.»

«Er könnte die Ausnahme sein.»

«Möglich...»

«Aber selbst wenn, leidet der eine nicht, leidet der andere.» Das waren so Dinge, die sie von den Mulattinnen aufgeschnappt oder bei Zamacois oder Alberto Insúa gelesen hatte. Archibaldo zögerte kaum merklich und gab sich einen Ruck.

«Zum Beweis meines Vertrauens erlaube mir, daß ich ihn dir schenke.»

«Bist du verrückt...?»

Blanca war beleidigt. Sie hatte das Gefühl, mit dem Angebot, ihr seinen Hund zu schenken, biete Archibaldo ihr einen Ersatz für seine eigene Intimität, keine Medizin, sondern ein Placebo. Oder legte er ihr vielleicht eine noch gewagtere Intimität als die bisher erfahrene zu Füßen, eine, die selbst die übertraf, die zu erlangen sie morgen ab sechs sich vorgenommen hatte? Verwirrt kehrte sie dem Mann und dem Hund, die ihr folgen wollten, den Rücken und lief mit hastigen Schritten zur Puerta de Alcalá.

Es war, dachte Blanca, je schneller sie dem Ausgang zustrebte, als brodelten in ihr die unterschiedlichsten Gefühle: Verlangen, Scham, Furcht, Zorn. Das Verlangen konnte sie akzeptieren, genoß sogar seine hartnäckige, immer noch frische Glut. Und Scham und Furcht, nun ja, eine Dame wie sie... und noch dazu an einem öffentlichen Ort, an dem sie sich nie ohne Hut nach der neuesten Mode zeigen würde. Aber warum Zorn? Warum dieser unerhörte Zorn, der ihr die Tränen in die Augen trieb und den Lidstrich, den sie sich am Ausgang des Parks nachzog, gleich wieder hoffnungslos zerlaufen ließ? Nein, dieser Zorn richtete sich nicht gegen Archibaldo, der sehnig und sensibel war, voll süßer Entschlossenheit, das letzte Geheimnis mit ihr zu durchdringen, das sie in seiner ganzen Tiefe noch nicht ergründet hatte. Es war ein anderer Zorn. Zorn darüber, gedemütigt, ausgenutzt zu werden, als schlügen sich gierige Zähne in das herrliche Fleisch ihres Körpers, auf den sie so stolz war. Almanza. Ja. Almanza. Kaum hatte sie das Wesen ihres Zorns begriffen, sprang ihr der Name des Grafen ins Bewußtsein. Almanza. Don Mamerto – nun ja, ein Mamerto zwar, aber natürlich nicht der richtige Don Mamerto – hatte es nachmittags nicht an Deutlichkeit fehlen lassen. Vor der bereits im Nachtschatten liegenden Puerta de Alcalá verhielt sie einen Augenblick – sie würde noch einmal die Kanzlei der Mamertos aufsuchen, um weitere Einzelheiten in Erfahrung zu bringen, mit denen sie den Grafen demütigen konnte. Sie schaute auf ihre Patek Philippe. Nein, es war schon zu spät. Sämtliche Mamertos, jeder mit einer seinem Alter entsprechenden Frau und einer ganzen Kinderschar, saßen sicher bereits am Abendtisch und genossen den Feierabend eines langen Tages ehrbarer Arbeit. In Gedanken versunken war sie die Alfonso XII. hinuntergeeilt und wurde sich dessen erst bewußt, als sie auf der anderen Straßenseite die Einmündung zur Juan de Mena sah. Sie überquerte die Straße und ging bis zur Ruiz de Alarcón. Ja, das wunderschöne, mehrgeschossige Gebäude in der Ruiz de Alarcón, in dem Graf Almanza wohnte, ohne einen Peseta Miete zu bezahlen, gehörte immer noch Paquito, und das hieß jetzt: ihr. Sie beschloß, da sie nun schon einmal so nah bei seiner Wohnung war, den Grafen, der zwar sehr gräflich sein mochte, für sie aber doch nur ein elender Dieb war, mit den Tatsachen zu konfrontieren.

Als die Marquise de Loria durch die Tür trat und dem Portier «Zu Graf Almanza» sagte, reagierte dieser – entweder von ihrer

Schönheit und darüber hinaus ihrer Selbstsicherheit beeindruckt oder weil Almanza trotz seiner langjährigen Verbindung zu Casilda häufig andere Damen empfing, die sich ihm in seiner Wohnung hingaben – mit der größten Selbstverständlichkeit. Im Fahrstuhl setzte sich Blanca auf das mit rotem Samt bezogene Bänkchen, um, bei ausreichendem Licht diesmal, sich die Lippen nachzuziehen, denen noch Archibaldos verliebtes Ungestüm anzusehen war. Nein, sagte sie sich, ihren Zorn zu zeigen, wäre einer Dame von Welt, die es nicht nötig hatte, sich mit irgendwelchen Kleinigkeiten zu befassen, unwürdig. Da aber Almanza und Casilda es darauf angelegt hatten, sie zu benutzen, woran kein Zweifel bestand, würde sie den Spieß umdrehen; Almanza war letzten Endes nichts anderes als einer ihrer Untergebenen. Sie konnte nicht leugnen, daß sie trotz des Vertrauens auf ihren Instinkt in diesen Dingen die unbestimmte Befürchtung hegte, Archibaldo könne am nächsten Tag herausfinden, wie unerfahren sie tatsächlich noch war, denn weder Paquito noch Don Mamerto zählten in diesem Sinne sehr viel. Almanza, als anerkannter Lebemann, konnte sich ihrer Großzügigkeit also dadurch erkenntlich zeigen, daß er, von dem es hieß, er sei in den Künsten der Liebe ein Experte, sie auf ihre morgige Hingabe vorbereitete.

Außerdem, so gestand sie sich ein, fürchtete sie auch ein klein wenig, Archibaldo Schaden zuzufügen, da ihr verliebter Körper – dessen makellose Haut nur Hexenwerk sein konnte, wie es ihr die dunkelhäutigen Alten ihrer Kindheit des Nachts einflüsterten, wenn sie im Bett lag und nicht einschlafen konnte, weil der Mond nicht hervorkam – womöglich versagen und gleiches bei jenem bewirken könnte, der dazu ausersehen war, sie glücklich zu machen. Doch das waren ja Dummheiten, die nur primitiven Menschen einfallen konnten... Sie war die Marquise de Loria, ihr schlichtes Kleid die neueste Kreation von Drecoll, in ihren Mußestunden las sie Rubén Darío und Villaespesa, hatte einmal sogar einen Vortrag von García Sanchiz gehört, und sie nahm ihren Tee im *Ritz* – also konnte ihr nichts passieren. Sie öffnete ihre Handtasche und betupfte sich die Nasenspitze mit der Puderquaste. Dann läutete sie.

Die Tür öffnete sich einen Spaltbreit, und Almanza, der mit

einem Kosakenhausrock aus violettem Atlas bekleidet war, jedoch eine Art furchterregende Maske trug, die seinen Schnurrbart bedeckte, schaute heraus und schlug die Tür sogleich wieder zu. Im nächsten Augenblick, und zwar mit prächtig aufgezwirbeltem Schnurrbart, stand er erneut vor ihr und begrüßte sie strahlend.

«Darf ich eintreten...?» fragte sie schüchtern und zögerte ein wenig.

«Welche Ehre!»

Almanza erklärte, er habe gerade ein wenig Gymnastik betrieben, deshalb träfe sie ihn *déshabillé* an. Genauer gesagt habe er zum Zeitvertreib – und jetzt, da Casilda fort sei, müsse er gestehen, habe er sehr viel freie Zeit – ein paar Hanteln gestemmt; sie könne sie sich ansehen, dort, in der Ecke, direkt neben seiner bescheidenen Bibliothek.

«Oh! Sie sind ein Intellektueller!» rief Blanca und trat zum Bücherschrank, nicht ohne vorher mit einem Blick festgestellt zu haben, daß die gesamte Wohnungseinrichtung die despotische Hand ihrer Schwiegermutter verriet, bis auf ein winziges Eckchen, in dem sich Reitertrophäen aneinanderdrängten. Außerdem, bemerkte Blanca, war die Wohnung relativ klein, woran man den Geiz von Casilda erkennen konnte, die an allem sparte, um sich selbst jeden Luxus zu leisten.

«Caballero Audaz... Felipe Trigo... Vargas Vila... Hernández Catá...» las Blanca auf den Buchrücken, ihren eigenen Rücken Almanza zugekehrt, der leicht verwirrt hinter ihr her lief, weil er nicht wußte, was sie mit diesem Besuch zu so ungemäßer Zeit bezweckte. Sie drehte sich mit einem Ruck um, sah ihm ins Gesicht und fragte: «Lesen Sie Rubén Darío?»

Beider Gesichter waren nur noch wenige Handbreit voneinander entfernt, Almanzas zu einem Lächeln ungläubigen Entzückens erstarrt.

«Wußten Sie, daß er ein Landsmann von mir ist?»

Der Graf benötigte nur Sekunden, um die mögliche Bedeutung der Tatsache auf sich wirken zu lassen, daß sie, als sie den Namen des göttlichen Rubén aussprach, ihr junges Antlitz zwei Zentimeter, nicht mehr, aber zwei Zentimeter voll köstlicher Absicht dem seinen näherte.

Er stotterte unmerklich, als er antwortete: «Aber ja... gewiß», obwohl er sich sogleich wieder fing und mit gebührendem Stil fortfuhr: «Welcher kultivierte Mensch, der eine empfindsame Seele sein eigen nennt, kennt nicht die Worte: ‹Ein sanfter Wind, bedächtig kreisend...›, aber setzen wir uns doch, Blanca. Hier, bitte, nimm auf dem Sofa Platz, warte, ich lege dir ein Kissen in den Rücken, so, nun sitzt du viel besser, und dieses hier, damit du deine Arme darauflegen kannst. Vielleicht etwas höher? Nein? Gut... So sitzt du bequem. Welch wundervolles Kleid! Meinen Glückwunsch. Du bist eine der wenigen Frauen in Madrid, die Trauer mit *chic* zu verbinden wissen. Möchtest du etwas trinken? Vielleicht einen Pernod...? Oder lieber Tee? Zu dumm, daß ausgerechnet heute mein Personal Ausgang hat.»

Ist es nicht eher so, daß Casilda dir die Bezüge kürzt, wenn sie verreist, und in Zeiten ihrer Abwesenheit das Personal beurlaubt, von dem sie dann nichts hat? Nicht weil sie Lust darauf gehabt hätte, sondern um ihn beschäftigt zu sehen, während sie sich unendlich langsam die Handschuhe von den Fingern streifte wie jemand, der eine überaus empfindliche Frucht enthäutet, sagte Blanca zögernd: «Nun, ich weiß nicht... ja, vielleicht...»

Almanza mit seiner kräftigen Brustmuskulatur – etwas zu athletisch für Blanca, die von eher katzenhaften Liebhabern träumte – unter dem glänzenden Atlas der violetten Kosakenbluse war zweifellos ein *bel homme.* Sein Charakterkopf war zwar vollkommen hohl – das mußte sie schließlich wissen, wo ihre Heimat, ja der ganze Kontinent drüben, Männer wie ihn im Überfluß hervorbrachte –, aber er war wie der einer Statue in klassischer Weise auf Hals und Schultern gesetzt. Während er sie ansah, bevor er ihren Wünschen entsprach, die für ihn natürlich Befehle waren, bemerkte Blanca, daß er tief einatmete, sein Brustkorb sich blähte und die Flügel seiner Adlernase erbebten, wobei er zugleich und fast unmerklich die linke Augenbraue anhob.

«Obwohl, nein... oder doch. Ja. Einen Tee?» bat Blanca.

Und ließ ihre Handschuhe neben ihrem winzigen Lackschühchen zu Boden fallen. Almanza war sofort auf den Knien, um sie aufzuheben. Im selben Moment schlug Blanca ein Bein über das andere, so daß ihr der Seidensaum des Kleides über das Knie rutschte und über dem Strumpfband, direkt neben den Bartspitzen des Grafen, einen Zentimeter der schimmernden Haut ihres Schenkels freigab, die ein winziges Muttermal zierte. Am Boden kniend, suchte er mit leidenschaftlichem Blick ihre Augen. Blanca wich ihm aus. Dessen ungeachtet hauchte Almanza einen flüchtigen Kuß auf das Muttermal, und Blanca verspürte den angenehmen Kitzel seines Schnurrbarts, dessen zärtliche Berührung sich gleich schon schenkelaufwärts fortsetzen würde, dachte sie in einem Anflug bezaubernden Errötens. Doch nein, nur wenn sie es ihm gestattete. Und sie war nicht bereit, diese frivole Art, die ihm offenbar sehr geläufig war, widerspruchslos hinzunehmen. Also versetzte sie ihm eine Ohrfeige, die ihn am linken Auge traf. Ob seiner unverschämten Dreistigkeit vor Zorn bebend, erhob sie sich. Er tat es ihr gleich, ebenfalls zornbebend, das Auge unter der zuvor noch erhobenen Braue tränend, seine Brust Millimeter nur von den Spitzen ihrer seidenverhüllten, bereitstehenden Brüste entfernt. Beide schnaubend, beider Atem sich in heftigen Stößen vermengend, die Leidenschaftlichkeit ihrer Blicke ein wilder Knoten. Ihr blieb weniger als eine halbe Sekunde, schätzte Blanca, um zu entscheiden, ob sie diese schnurrbartbeschatteten Lippen küssen sollte oder nicht. Statt dessen versetzte sie ihm ein weitere Ohrfeige, mit der anderen Hand, die das andere Auge traf, und schrie: «Strolch!»

Und noch eine.

«Flegel! Das werde ich meiner Schwiegermutter erzählen!»

Diesmal ergriff Almanza ihre Hand und hielt sie fest. Er stieß Blanca aufs Sofa und ließ sich mit seinem gesamten Gewicht auf ihren verschwenderischen Körper fallen, der unter ihm zappelte und bebte. Seine erfahrene Hand glitt unter ihr Kleid und fand sofort das Zentrum der Lust, das er elektrisierte und in Feuchtigkeit badete, so daß an seinem Sieg nicht zu zweifeln war. Blanca stand in hellen Flammen, strampelte aber und kratzte, während er ihr das Kleid vom Leib riß und ihre Brüste entblößte, in die er gnadenlos seine Zähne grub. Sie kreischte wie von Sinnen, während ihr süßer Mund keuchend Beschimpfungen hervorstieß – Schuft, Flegel, Lüstling, Perverser, Dieb, ich weiß alles, zynischer Pharisäer – und sie ihre Schenkel zusammenpreßte, um den Liebkosungen zu widerstehen, die keine Liebkosungen waren, sondern ein beleidigender Angriff von ausgefeilten Techniken, um den Grafen nicht das Geheimnis ihres Körpers erkunden zu lassen, mit diesem ehernen Pfahl, dessen Kraft zwischen ihren nackten Leibern stand, die nur noch Fetzen von Kleidung bedeckten. Wenn Almanza etwas von ihr wollte, mußte er es sich mit Gewalt nehmen, denn ihre spitz manikürten Fingernägel zerkratzten sein Gesicht, das bereits blutete, zerrissen seine Kosakenbluse und entblößten seine behaarte Brust. Seine Beschimpfungen – Nutte, Mitgiftjägerin, geschmacklose, er lasse sich nicht für dumm verkaufen, Schluß jetzt mit der Verstellerei, ihre Geilheit könne man ja förmlich riechen, weshalb sonst sei sie zu ihm gekommen, Hure, jawohl – machten sie nur noch wilder, und sie überließ ihm nicht einmal ihren Mund und lockerte auch nicht ihre Schenkel, während sie sich in den Kissen wälzten. Was glaubte sie eigentlich, wer sie war, diese verdammte Amerikanerin...! Almanza hielt sie mit dem Gewicht seines mächtigen Leibes nieder, ergriff ein Samtkissen und drückte es auf ihr Gesicht, das in Entsetzen, Zorn und offenkundigem Verlangen an Schönheit noch gewann.

Ja, sollte sie sich fürchten, sollte sie Angst vor ihm haben, vor ihm, der er ein richtiger Mann war und kein Kasper wie Paquito. Sollte sie ihn doch weiter beschimpfen, jetzt, da sie nicht einmal mehr atmen konnte.

Als sie vor Entsetzen erstarb – etwas anderes konnte es nicht sein – und ihre wundervollen Schenkel ermatteten, drang der Graf mit einer seiner berühmten Attacken in sie ein und fühlte die herrliche Lüsternheit, mit der sie ihn verschlang. Er nahm das Kissen von ihrem selig verklärten Gesicht mit den geschlossenen Augen, die Tränen verbargen, die er aber weit offen sehen wollte, glänzend, rund und lebhaft, so wie er es liebte. Er zog sich aus dem Blütenkelch, der ihn gefangenhielt, zurück.

Da öffnete Blanca ihre flehenden Augen, ungehalten und voller Furcht, sie könne alles wieder verlieren, schlang ihre Beine um die gräflichen Hüften und zog ihn zu sich herab. Ihre Lippen öffneten sich, um seinen Mund zu empfangen und seine Zunge zu verschlingen.

Und nun drang Almanza langsam und sanft in sie ein, wie es seine Spezialität war – daß es gar den Anschein hatte, er tue es nur zögernd –, drang bis in Tiefen vor, die die junge, verwitwete Marquise de Loria nie in sich vermutet hätte, dehnte die Zeit in der feuchtwarmen Nacht, bis sie ihnen beiden wie eine äußerst zufriedenstellende Version der Unendlichkeit erschien.

KAPITEL FÜNF

Das also war...?

Es war schon spät, und sie konnte nicht schlafen. Sie wälzte sich in den Laken ihres Betts unter dem neuen *baldacchino*, als würde sie durch das Geheul einer Meute wilder Bestien wachgehalten, die allerdings in keiner wie auch immer gearteten Beziehung zum Grafen Almanza standen, der zwar alles mögliche, aber keine Bestie war. Er hatte sie mit seinen süßesten Honigworten bedrängt, die Nacht bei ihm zu verbringen, doch Blanca hatte sich geweigert und erklärt, daß sie weder jetzt noch in Zukunft bereit sei, sich über die Anstandsregeln hinwegzusetzen, deren Beachtung in ihren Augen der einzig wahre Luxus sei. Ihr Dienstpersonal würde sich bereits sehr wundern, wenn sie auch nur ein klein wenig verspätet nach Hause käme, zumal es sie nach dem Mittagessen in einem schlichten Kleid zum Besuch beim Notar hatte ausgehen sehen. Sie brauche einen Kavalier wie ihn wohl nicht daran zu erinnern, daß man in diesem großen Dorf, das vom Klatsch lebe, als wären sämtliche Einwohner Marktweiber, sogar auf solche Geringfügigkeiten zu achten habe. In der Absicht, sie zu überzeugen – doch Blanca würde im Leben nicht vergessen, daß er sie in einer Aufwallung von Zorn «geschmacklos» genannt hatte; ein Vorwurf, den eine Amerikanerin im Leben nicht vergißt –, widersprach er sich selbst und forderte ihre Kühnheit heraus, indem er ihr versicherte, ihre Stellung in Madrid sei so gefestigt, daß sie tun und lassen könne, was sie wolle, ohne auch nur das geringste bißchen Respektabilität einzubüßen, denn das Vermögen der Lorias, also ihr Vermögen, sei... nun ja, eben das: respektabel...

Es mußte bereits 11 Uhr gewesen sein, als der verschlafene Portier ihr die Tür öffnete, durch die sie hastig ins Haus trat, um die

Fetzen vor ihm zu verbergen, die von ihrem teuren Kleid übriggebliebenen waren. Aber sie konnte nicht einschlafen. War es zwölf... oder bereits halb eins...? Sollte sie Veronal nehmen wie Casilda? Seit einer Ewigkeit schon wälzte sie sich im Bett. Trotz des mißtönenden Geheuls auf der Straße fühlte sie sich, als hätten die geschickten Liebkosungen des Grafen Almanza ihren Körper zu einem Instrument von auserlesener Sensibilität hochgestimmt und ihn gleichzeitig zu einem geschmeidigen Luxusobjekt gemacht. Nie war sie so schön, so vollkommen, so jung, so leicht gewesen. Während ihrer unerklärlichen Schlaflosigkeit war sie mehrere Male dem erdbeerfarbenen Atlas ihres Betts entstiegen, um sich nackt in dem Spiegel zu betrachten, den sie nach Paquitos Tod im großen, ehelichen Schlafzimmer hatte anbringen lassen, in das sie als Witwe zurückgekehrt war.

Eine Weile vertrieb sie sich die Zeit damit – und in diesen Augenblicken war das Gebell nur wie ein Echo aus weiter Ferne –, allein vor dem Spiegel, beziehungsweise mit ihrem eigenen Spiegelbild, einige der Liebesposen nachzustellen, die Graf Almanza ihr in seiner unauslöschlichen Kenntnis dieser Künste gezeigt hatte und die sie morgen in die Praxis umzusetzen gedachte. Denn trotz des Vergnügens, das sie empfunden hatte, war alles nur ein Versuch, eine Probe gewesen. Wie Paquito. Wie Don Mamerto...

War es der Hund des Nachbarn, der da bellte und sie nicht schlafen ließ? Sie hörte ihn sonst immer nur vage, aus der Ferne. Doch in dieser Nacht war er doppelt laut und viel zu nah. Wie auch immer, jetzt da sie «gelebt» hatte, gab es genügend Dinge, an die sie denken und an die sie sich erinnern konnte. Im Spiralnebel ihres Hirns trieben nicht mehr die unzulänglichen Geister ihrer beiden vorherigen Opfer. Einen Moment lang stellte sie sich vor, Almanza, der sie in seinem zwar nicht sehr aufwendigen, dafür aber funkelnagelneuen Ford – den mit Sicherheit sie finanzierte – nach Hause gebracht hatte, sei auf der Rückfahrt liebestrunken gegen einen Baum geprallt und noch an der Unfallstelle verstorben, möglichst ohne viel Blut, und alles, weil er mit ihr zusammen gewesen war. Aber nein: Almanza würde nicht sterben, weil er nichts für sie empfunden hatte, ebensowenig wie sie für ihn.

Lust, ja – alle nur erdenkliche Lust, alle Lust, die sie sich je hatte vorstellen können. Aber ihn als Person, als menschliches Wesen zu einem Bestandteil dieser Lust zu machen, die er nur mit ihr zusammen hatte empfinden können, so etwas wie der Versuch, zwei unterschiedliche Phantasien als gleichwertig anzuerkennen und in einem gefühlvollen Geben und Empfangen von zwei nicht austauschbaren Wesen zu einer einzigen zu verschmelzen, nein, das nicht. Aus diesem Grund war Almanza nicht verletzlich und würde auch nicht sterben. Worüber sie hinterher, nackt in den Sofakissen, ein paar verzagte Tränen verloren hatte. Doch da sie sie ihm, der sie nicht verstehen konnte, nicht erklären wollte, sagte sie, sie weine, weil sie sich so verlassen fühle, ohne Eltern und Familie, eine Fremde, trotz ihres Ranges und Vermögens allein. Er habe keine Achtung vor ihr, und das nur, weil sie niemand habe, der sie beschütze.

Woraufhin Almanza entgegnete: «Offengestanden, meine liebe Blanca, habe ich den Eindruck, daß in diesem Scharmützel ich es bin, der beschützt werden muß.»

Sie trocknete ihre Tränen und sagte: «Genau...»

Und dann war es Blanca, die über den Grafen herfiel und ihn auf dem Bokhara-Teppich vor dem Sofa nahm.

Jetzt, da die beunruhigenden Geräusche von der Straße sie nicht schlafen ließen, dachte sie voller Neid an den Grafen, der rundherum zufrieden und mit einem guten Schluck Cognac im Leib vermutlich wie ein Stein schlief und auch noch schnarchte, mit seiner Bartbinde unter der Nase.

Blanca wälzte sich auf die andere Seite und zog sich die Decke über den Kopf. Sie dachte an ihre frühe Kindheit zurück, und wie oft man ihr versprochen hatte, sie zur Belohnung für gutes Betragen einmal mitzunehmen und ihr das Meer zu zeigen; vor allem die Mulattinnen hatten es immer wieder getan, die selbst das Meer noch nie gesehen hatten und auch gar nicht befugt waren, ihr eine solche Belohnung in Aussicht zu stellen. Riesig sei es, sagten sie, der Horizont so weit und so blau, die Wellen so endlos, daß sich der Blick in ihnen verlöre. Nach langem Warten, als man sie endlich auf die Reise mitnahm und sie von einer Düne aus das Meer zum erstenmal sah, verkündete sie der erstaunten Familie: «Es ist nicht so groß, wie ihr mir immer gesagt habt.» Etwas, das nur im Wort derer existierte, die es nicht kannten, das nur die Ahnung von etwas Legendärem, Phantastischem war, fehlte Blanca bei ihrem ersten Anblick des Ozeans. Ein Etwas, das mehr war als das Etwas, das es zweifellos war. Der Abend mit Almanza glich dem genußvollen Eintauchen in das leuchtende Aquamarin der Karibik, des Salzes und der Sonne ihrer Kindheit, die die Linien ihres Körpers nachzeichnete, des unbekümmerten Spiels in den warmen Wellen, von denen sie sich forttragen, umschmeicheln und einhüllen ließ... alles so ätherisch und ganz wundervoll. Und doch fehlte ihr dasselbe, was sie auch damals beim Anblick des Ozeans vermißt hatte, als sie ein Kind gewesen war, das sich die Freiheit nahm, Wahrheiten zu empfinden und auszusprechen: Es war ganz entschieden nicht das erschütternde Erlebnis, das die unvergleichliche Ungewißheit des Wortes verheißen hatte und das vor allem in der Vorstellung jener irrlichterte, die auf die eine oder andere Weise daran gehindert wurden, an ihm teilzuhaben.

Sie gedachte allerdings wohl, sich Almanzas noch ein weiteres Mal – oder weitere Male – zu bedienen. Er hatte ihr vorgeschlagen, gemeinsam zu fliehen, sogar nach Nicaragua, falls sie darauf bestehe, wo sie leicht so etwas wie Könige werden könnten. Er gestand ihr, Casilda satt zu haben, ihre Kälte, ihren Geiz, ihre unerträgliche Selbstsucht, die alle demütige: die unablässige Wiederholung der Sünde mache diese zum Sakrament und damit zur langweiligsten Sache der Welt. Blanca mußte innerlich über seinen Heiratsantrag lachen – denn das war es – und hielt ihm entgegen, sein Vorschlag sei der einer Allianz, die ihr keinerlei Vorteil bringe, und keines Liebespaktes, wie er sie mit Paquito verbunden habe, obwohl sie sich hütete, von den Mängeln zu sprechen, die ihm angehaftet hatten. Während das Hundegebell sie am Einschlafen hinderte, wurde ihr klar, daß sie Almanza nur deshalb zurückgewiesen hatte, weil sie ihn nicht töten konnte – er war nicht verwundbar. Einen Teil von sich ließ er – wohlweislich zweifellos, und wahrscheinlich einen ganz beträchtlichen Teil, vermutete sie – vor dem Liebeslager zurück, so daß er niemals ein Opfer ihrer himmlischen, ihrer infernalischen Arme werden würde wie Don Mamerto, den das Alter so verwundbar gemacht hatte, daß sie ihm gleichsam mit einem Schenkeldruck das Leben hatte nehmen können, oder wie der arme Paquito, der sich ihr in seiner bedauernswerten Unzulänglichkeit auf vollkommenste Weise hingegeben hatte. Die makellose *performance* des Grafen war ein reines Kunstprodukt, war reine Technik, ein mechanischer Ablauf, etwas, das bereits vor ihr existiert und nichts mit ihr zu tun hatte. Das gewagte Tempo, das in allen Tonlagen genau kalkulierte *crescendo,* die Liebkosungen, die Suche nach den Spannungsfeldern der Anatomie, der Zündfunke des Entdeckens, all die berechnenden Abweichungen, Verzögerungen auf der Pirsch nach vollendeter Lust ... ja, es war eine erstklassige Vorstellung gewesen.

Mehr nicht.

Aber was mehr wollte sie denn, da sie doch genau das in der Ruiz de Alarcón gesucht hatte?

Würde der Hund des Nachbarn nicht so laut bellen, fände sie vielleicht eine Antwort, die zumindest in dieser Nacht ihre armen Nerven beruhigte. Die glühenden Laken ihres Bettes umhüllten sie nicht mit der drängenden Hitze von Almanzas Körper, sondern mit dem Fluch eines Fiebers. Die Linderung lag, wie immer, in ihr selbst: das Licht gelöscht, ein Laken über sich geworfen, streichelte sie ihren geliebten Körper bis hinunter zur «versunkenen Perle des Nabels», wie Almanza rezitiert und damit ihr Gelächter hervorgerufen hatte über einen Vers, der gelesen ergreifend klang. Sie massierte ihn und führte ihre Bewegungen weiter nach unten in das zarte Vlies ihrer animalischen Begierde, auf der Suche nach dem Lustzentrum, das ihr niemals versagte. Ohne es gleich zu berühren, indem sie ihre Hüften kreisen ließ und die Schenkel gegeneinanderpreßte und rieb, während die Fasern des Bettuchs ganz leicht die zarten Spitzen ihrer Brüste liebkosten, durchfloß sie die Ahnung eines Gefühls, das sie womöglich nie würde kosten können, so sehr sie auch Almanza als den Erfahrensten in ihrer Erinnerung heraufbeschwor, danach Paquito als den Geliebtesten und dann den armen Don Mamerto ... es sei denn, es gelang ihr morgen mit Archibaldo.

Allerdings würde sie ihm nicht sagen können, daß sie in dieser

Absicht zu ihm kam: Archibaldo erwartete sie in reiner Liebe, schön und unbeschwert. Er würde sie über die simple Lust hinausführen, um sie vollkommen zu machen. Als sie den Maler in ihrer Erinnerung vor sich sah und das graugelbgrüne Wasser der Abenddämmerung sich in seinen Augen spiegelte, da gelangte sie, fast ohne sich zu rühren und ohne sich zu berühren, so nahe wie nie an die Grenze und war kurz davor, in das Wasser seiner Augen einzutauchen, als das unerträgliche Gebell wie eine Flamme direkt zu ihrem Fenster heraufloderte, verbissen, wahnsinnig, fordernd. Wütend sprang Blanca aus dem Bett und riß das Fenster auf. Hinter dem Gitterzaun, der ihr Palais umgab, erkannte sie auf der dunklen Straße die Umrisse eines Tieres, dunkler als die Nacht, das winselnd hin und her lief.

Zwei graugelbgrüne Augen leuchteten durch die Gitterstäbe.

«Luna...» stieß sie unhörbar hervor und wich hinter den Fensterladen zurück, beobachtete aber weiter die unerklärliche Anwesenheit des Hundes. «Geh weg», befahl sie ihm flüsternd, wohl wissend, daß der Hund sie weder hören konnte noch ihr gehorchen würde.

Und Luna, als sehe er sie – oder konnte er sie wittern? –, bellte nur noch lauter. Jetzt sah sie den Umriß des aufgerichteten Tieres, die Vorderpfoten hoch am Zaun, das sie direkt anbellte, als wollte es sie von irgend etwas überzeugen. Blanca fürchtete, ein Nachtwächter könne in der einsamen, nächtlichen Straße auftauchen und Luna vertreiben oder, schlimmer noch, einfangen. Sie mußte etwas unternehmen. Sie konnte diesen armen, verrückten Hund nicht die ganze Nacht vor ihrem Haus bellen lassen.

Behutsam schloß sie das Fenster – der Hund sollte nicht glauben, daß sie ihn abwies –, öffnete ihren Kleiderschrank und nahm einen Hausmantel aus rosa Brokat, den sie über ihr dünnes Nachthemd zog. Sie machte nur wenig Licht und schlich leise, um niemanden aufzuwecken, vor allem nicht ihre Kammerzofe, die wenige Türen weiter schlief, hinunter zur Haustür. Sie schloß sie auf, ging die Treppe hinab durch den kleinen Vorgarten, öffnete die Pforte und trat auf die Straße. Vielmehr, sie wollte auf die Straße treten, kam jedoch nicht dazu, da Luna, der draußen auf sie gewartet hatte, sich sofort auf sie stürzte, an ihr hochsprang und sie ableckte, ohne einen Laut von sich zu geben – als gelte es, ein Geheimnis zu wahren, das ihrer beider Zusammensein umgab. Sie ließ den Hund herein und schloß das Gittertor hinter ihm. Dann ging sie auf dem Kiesweg zwischen hohen Rosenstöcken zum Haus, wobei sie beruhigend auf ihn einsprach und sein Rückenfell kraulte. Wir müssen leise sein, sagte sie zu ihm, damit niemand merkt, daß du bei mir bist, wir dürfen niemanden aufwecken, weil man sich sonst wundern würde, daß wir uns kennen.

Lunas grauen Flanell tätschelnd, ging Blanca mit ihm die Eingangsstufen hinauf, schloß die Tür, nachdem sie eingetreten waren, und begab sich mit dem Hund unter den jetzt blinden Blicken der weißen Reiher in den Bogenfenstern die Marmortreppe hinauf nach oben.

In ihrem Schlafzimmer angekommen, fragte sie Luna, warum er sie gesucht oder besucht habe, warum er von zu Hause fortgelaufen sei, warum er ausgerechnet sie ausersehen habe. Währenddessen zündete sie alle Lichter im Zimmer an, so daß das Glas und Silber ihres Toilettentischs erglänzte, die Spiegel, die Bronzebeschläge der Möbel, der Atlas an den Wänden und die Perlen des Lüsters an der Decke. Luna setzte sich auf die Hinterpfoten und seine klugen Augen betrachteten alles und sahen dann sie an, als wolle er ihr seine Zustimmung zu all dem Luxus bekunden.

«Möchtest du etwas essen?» fragte Blanca ihn, als handle es sich um einen Gast wie jeden anderen. «Oder trinken?»

Luna nahm das Angebot unbewegten Blicks an. Sie bat ihn, schön leise zu sein, derweil sie ihm etwas holen ging. Was fraßen Hunde? Fleisch, nahm sie an, und ging in die Küche hinunter, um zu sehen, was es gab. Sie fand ein paar blutige Stücke, die ihr nach anfänglichem Ekel, während sie sie auf einen Teller häufte, ganz appetitlich erschienen. Danach wusch sie sich die Hände. Sie raffte ihren rosafarbenen Morgenmantel zusammen, nahm den Teller mit dem rohen Fleisch und stieg die Marmortreppe zu ihrem Schlafzimmer hinauf, dessen Tür sie zweimal hinter sich abschloß. Sie suchte Luna zwischen all dem strahlenden Silber und Kristall und entdeckte ihn zusammengerollt auf dem Fußende ihres Bettes, in einem Nest von Atlas, von dem aus er sie mit seinen erstaunten Augen ansah. Er sprang erst vom Bett, als sie ihn rief: «Luna, komm...»

Sie stellte das Fleisch auf den Teppich. Der Hund stürzte sich nicht darauf, verschlang aber alles und leckte das Blut vom Teller, so daß er wieder blitzsauber war. Anschließend sprang er zurück aufs Bett und rollte sich zufrieden an derselben Stelle zusammen, an der er vorher gelegen hatte und die er jetzt offenbar als seinen Platz ansah. Blanca zog den Morgenmantel aus, und nachdem sie alle Lichter gelöscht und das Fenster ein wenig geöffnet hatte, um die wohltuende Frühlingsluft ins Zimmer zu lassen, schlüpfte sie ins Bett.

Jetzt, da der Hund gegessen und einen bequemen Platz gefunden hatte und der Luxus des Zimmers ihm ebenfalls zusagte, würde er nicht mehr bellen und auch nicht winseln. Sie würde schlafen können. Doch in der Dunkelheit sah Blanca am Fußende ihres Bettes die beiden wasserhellen graugelbgrünen Augen leuchten. Warum starrten sie sie so an? Was wollten sie von ihr? Etwas wollten diese feuchten Augen, deren Licht nicht erstarb, wie sein Gebell erstorben war. Wie konnte sie es löschen? Oder, warum sollte sie es löschen?

Ihre Hände suchten Schutz im unvermeidlichen Spalt ihrer Schenkel. Die magische Perle gehorchte ihr diesmal sofort, kam ihren liebkosenden Fingern, mit denen sie sich so gut verstand, geradezu entgegen. Ihr Ringfinger war der schwächste, aber zugleich der geschickteste, um unter der Decke mit der langsamen Suche nach dem Rhythmus zu beginnen, dem Spiel im Dunkel einer tropischen Kindheit, wiederbelebt durch diese Zwillingsmonde ohne Fehl und ohne Makel – einer tief am Himmel, dicht über dem Horizont, ein anderer als Reflex im erhitzten Meer der Klänge einer karibischen Nacht, zwei Monde und doch nur ein einziger –, die sie beobachteten wie diese zwei Augen eines einzigen Blicks, der zwar nicht verstand, doch alles Verstehen durchdrang: Sie und Archibaldo glichen zwei Monden, die zwei Augen waren und dennoch ein einziger Mond, ein einziger Blick, eine einzige Lust. Blanca versuchte die Gedanken an Archibaldo in ihr einsames Spiel einzuflechten, doch gerade hatte sie es sich vorgenommen, da erloschen die beiden Augen, weil der Hund seine Lider über sie legte, und sie sank in Schlaf bis zum anderen Morgen.

Als sie zufrieden und voller Wohlbehagen erwachte, bestand ihre erste Regung darin, wie an jedem Morgen ihrer Kammerzofe Hortensia zu läuten, damit sie das Frühstück bringe und entscheide, welches Kleid ihre Herrin an diesem Tag anziehe. Sie streckte den Arm aus, als ihr Blick auf Luna fiel, der ebenfalls bereits wach war und noch an derselben Stelle zu ihren Füßen zusammengerollt auf seinem Nest aus Atlasstoffen lag.

«Guten Morgen, mein Herz...» flüsterte Blanca.

Und der Hund – ohne zu winseln oder gar zu bellen, als sei seine Beziehung zur jungen Marquise ein erregendes Geheimnis – kam freudig schwänzelnd zu ihr, leckte ihr zärtlich das Gesicht, bedeckte sie mit dem warmen Atem seines weichen, haarigen Mauls, die große Zunge mit den rauhen Papillen leckte ihre Arme, die nackten Schultern, ihre Hände. Dann sprang Luna vom Bett. Er sah sie unverwandt an und begann, sich ihrer Aufmerksamkeit gewiß, im Zimmer herumzutrippeln, wölbte den Rücken, legte Kopf und Brust auf den Boden und schob sein Hinterteil in die Höhe, hielt den Schwanz steil aufgerichtet und sprang zur Seite, vor und zurück und lockte sie so, ihn zu jagen und mit ihm zu spielen.

Blanca verstand. Obwohl sie sich nach dem aufregenden gestrigen Tag noch ein wenig schwach fühlte, rannte sie mit ihm herum, suchte wie ein kleines Mädchen Deckung hinter Stühlen und edlem Mobiliar, selbst im Bett, jagte ihn wie ein Kind, wie ein junges Hündchen, das er ja auch war, und wenn sie zusammenstießen, umarmten sie sich, wälzten sich liebkosend im Bett, und sie küßte ihn auf sein warmes, weiches Maul. Doch auf einer seiner wilden Jagden durchs Zimmer blieb Luna plötzlich unvermittelt stehen und hob sein Bein. Bevor Blanca es verhindern konnte, urinierte der Hund an die seidene Tapete der Schlafzimmerwand.

«Luna! Du Böser! Sieh nur, was du gemacht hast! Wie soll ich das Hortensia erklären, deren Neugier nichts verborgen bleibt?»

Kaum hatte sie das ausgesprochen, mußte sie einen Schrei unterdrücken, damit man draußen nicht aufmerksam wurde: Luna hatte sich auf ihr Bett gehockt und entleerte sich auf der seidenen Decke. Entsetzt rannte sie durchs Zimmer auf der Suche nach Zeitungspapier, mit dem sie die Exkremente aufnahm und in die Toilette warf. Den Rest des Vormittags verbrachte sie damit, den Fleck an der Tapete abzuwischen und den verschmutzten Bettbezug zu säubern, ohne jedoch ihre Zofe ins Zimmer zu lassen, die mehrmals anklopfte und fragte, ob sie etwas benötige. Sie antwortete, nein, sie wolle noch schlafen und stehe heute später als sonst auf – wenn es Zeit für ihre Tennisstunde sei: Mario solle den Isotta-Fraschini Punkt halb zwölf bereithalten.

Als es Zeit wurde, sich anzukleiden, schloß sie Luna im Bad ein und beschwor ihn, keinen Laut von sich zu geben, bis sie ihn wieder herauslasse. Dann trat Hortensia ins Zimmer, die neuesten Klatschgeschichten des Morgens hervorsprudelnd und die blütenweiße Tenniskleidung ihrer Herrin im Arm – Blanca zog es stets vor, das Haus bereits im Tennisdress zu verlassen, um nicht der Versuchung zu erliegen, nach der Stunde irgendeiner Einladung zu folgen –: das plissierte Röckchen, das weiße Stirnband im Stil von Suzanne Lenglen... Während sie Blanca beim Ankleiden half, bemerkte Hortensia, sie wisse nicht woher, aber sie habe das im Frühling schon öfter festgestellt, ein Geruch liege heute im Zimmer der Frau Marquise, nicht gänzlich unangenehm, aber auch nicht direkt angenehm, irgendwie anders als an anderen Tagen jedenfalls. Blanca schickte Hortensia aus dem Zimmer. Sie befreite Luna aus dem Badezimmer und ermahnte ihn eindringlich, sich ruhig zu verhalten und keinerlei Geräusche zu machen. Sie sei zum Mittagessen wieder bei ihm und später, am Nachmittag, bringe sie ihn zur verabredeten Stunde zu seinem Herrchen zurück, von dem er niemals, nicht einmal aus Liebe zu ihr, hätte fortlaufen dürfen.

Nachdem Blanca ihre Schlafzimmertür abgeschlossen hatte, befahl sie Hortensia, es bis zu ihrer Rückkehr auf keinen Fall zu betreten, ohne ihr dafür eine Erklärung zu geben. Sie dachte darüber nach, wie vorteilhaft es doch war, Macht zu besitzen: Das Handeln dessen, der Macht besitzt, sagte sie sich, ist Handeln in reinster Form – es bedarf keiner Rechtfertigung, sondern es ist, was es ist. Hortensia brauchte ihre Beweggründe nicht zu verstehen. Blanca war ihre Herrin. Sie konnte mit dem Schwamm über die Tafel fahren und löschen, was ihr beliebte und wann es ihr beliebte. Hortensia brauchte gar nicht so beleidigt dreinzuschauen, als hätte sie ihr ein tödliches Unrecht zugefügt.

KAPITEL SECHS

Gegen halb eins traf Blanca Loria an der Puerta de Hierro ein und fragte nach Miss Merrington, ihrer Tennislehrerin. Man sagte ihr, sie lasse ausrichten, die Marquise möge verzeihen, aber an diesem Tag müsse sie sich um zwanzig Minuten verspäten. Typisch Engländerin, dachte Blanca, sie würde wohl nie begreifen, daß zwanzig Minuten keine Verspätung waren!

Sie begab sich auf den um diese Zeit noch fast menschenleeren Rasen, übte ein paar Aufschläge und begeisterte sich zunehmend für eine ganz neue Idee, die in ihrem Geist Gestalt annahm: Ja, sie würde Archibaldo bitten, sie *so* zu malen, als Inbegriff der sportlich modernen Dame, ganz in Weiß, vor dem kontrastierenden Graugelbgrün des Weihers im Retiro. Die Idee gefiel ihr. Ihr Lieblingsbild waren *Die Badenden* von Paul Chabas, und sie sah sich bereits als bekleidete Badende porträtiert. Die Idee war wirklich ausgezeichnet... so ausgezeichnet, daß sie Lust verspürte, auf der Stelle davonzulaufen und ohne weitere Umstände den Maler aufzusuchen.

Doch wieso davonlaufen? Und vor wem? Sie brauchte sich nur dazu entschließen, sagte sie sich, weil sie sofort wissen mußte, welcher Empfindungen ihr Körper, das hieß sie selbst, fähig war. Miss Merrington, das Tennis, war nur ein bedeutungsloser Ersatz. Die endgültige Form des Genusses, der süßen Erfüllung ihres Daseins auf Erden würde sie erst im Halbdunkel des ihr noch unbekannten Ateliers von Archibaldo finden, regungslos, wie schlummernd Stunde um Stunde in seinen Armen, einander so ausgiebig und ohne Hast liebkosend, als hätten sie nichts anderes zu tun, als diesen Moment der Wonne und Zärtlichkeit bis zur Neige auszukosten. Ja, sie würde auf der Stelle zu ihm gehen. Wozu bis zur verabredeten Stunde warten, wenn er, ebenso wie sie, den ganzen Tag über nichts anderes tun konnte, als auf ihre Begegnung zu warten? Weil es ihn wahnsinnig machte, so lang von ihr getrennt zu sein, hatte er Luna geschickt: Der Hund war nicht davongelaufen, er war sein Bote.

Auf der anderen Seite des Tennisplatzes saß Tere Castillo unter einem gestreiften Sonnenschirm am Kaffeetisch und rief sie lauthals und voller Überschwang zu sich, als habe sie die junge Marquise seit Jahren nicht gesehen. Blanca spürte ihre Brüste unter der leichten Tennisbluse wippen, als sie hinüberging und sich zu ihr und einer ungeheuer extravaganten Französin setzte, die ihr Haar nicht nur in einem rigorosen Schnitt *à la garçonne* trug, sondern auch einen *chevalière* an ihrem dicken kleinen Finger, ein maßgeschneidertes Kaschmirkostüm, eine Krawatte und Schuhe fast ganz ohne Absätze. Wäre sie nicht in Begleitung der überall in Madrid stets willkommenen Tere gewesen, hätte man sie wohl kaum einen Fuß über die Schwelle der Puerta de Hierro setzen lassen, trotz der langen Reihe von Titeln, mit denen ihre Freundin sie jetzt vorstellte. Blanca war demgegenüber schlicht die *belle-fille de Casilde*.

Die Französin hatte kaum einen Blick für sie übrig und bezog sie auch nicht in das Gespräch ein, das im wesentlichen aus einem hochtrabenden Wortschwall bestand, mit dem sie über eine gemeinsame Bekannte herzog und der mit dem Wort *débauchée* endete.

«Was bedeutet *débauchée*?» fragte Blanca, da dieses Wort weder zum Vokabular der nicaraguanischen Mulattinnen noch zu dem der barmherzigen Nonnen in Madrid gehört hatte.

Die Französin unterbrach den Wasserfall ihrer Worte und durchbohrte Blanca mit stechendem Blick. Erstmals direkt ihr zugewandt, antwortete sie: *«C'est la manière dont vous couriez tout à l'heure, ma petite.»*

In der Folge plätscherte die Unterhaltung zu dem mit Leidenschaft behandelten Thema von Blancas unaussprechlicher Schönheit: ein wahres Wunder der Natur, und sie errötete sogar – ach, wie war das so *ursprünglich* – ob der Schmeicheleien der fremden Dame, da, jetzt schon wieder. Natürlich, fügte selbige hinzu, könne man von ihr als Spanierin nicht den *chic* einer Französin erwarten, aber mit einem Haarschnitt, wie sie ihn trage, käme heutzutage niemand mehr in den Genuß dieses begehrten Adjektivs. Sie müsse sich unbedingt das Haar entweder so schneiden lassen wie sie – dabei zeigte sie ihr ihren widerwärtigen, ausrasierten Nacken – oder nach Art von Clara Bow: ganz wahnsinnig *ébouriffée.* Tere stimmte für Clara Bow, die Französin war mehr für *garçonne.* Um es ihr zu demonstrieren, nahm sie Blancas Haar, zog es straff nach hinten und zwang sie, sich im Spiegel ihrer Puderdose zu betrachten.

Ja, sagte sich Blanca, das stand ihr; wie ein herrlicher Jüngling, mit dem der perverse Almanza Dinge treiben konnte, die jetzt auch sie kannte.

Die sonderbare Französin lamentierte derweil über ihre verflossene Liebe: *«... un jeune poète, beau, subtil, intelligent, cruel...»*

Tere flüsterte Blanca ins Ohr, es handle sich um fast noch ein Kind, vollkommen unerklärlich, daß er sich in diese Frau über Vierzig verliebt haben sollte.

Die Französin sah die beiden erstaunt an.

«Mais c'est le décalage. Il faut absolument le décalage.»

Zum Glück ging es in Spanien auch ohne diesen Unterschied, dachte Blanca und erhob sich. Je weniger *décalage,* wie bei Archibaldo, desto besser. Er war zwar ein paar Jahre älter als sie, aber an Gleichartigkeit mangelte es nicht. Darum hatte er ihr auch die abendlichternden Augen seines Hundes geschickt, den sie ihm niemals zurückgeben würde. Sie würde diesen Teil von Archibaldo, der ihr verliebter Hund war, für immer behalten, und für immer würden diese Augen ihre Träume erleuchten. Nein, ihr konnten alle Französinnen *à la garçonne* und alle Miss Merringtons mit ihrem Tennis gestohlen bleiben.

Sie schaute auf ihre Patek Philippe. Mit einem überraschten Ausruf, sie käme schrecklich verspätet zu einer Verabredung, empfahl sie sich und lief über den Rasen zu ihrem Auto, nicht ohne unterwegs den einen oder anderen Aufschlag zu üben, damit die beiden cherryschlürfenden Damen unter dem Sonnenschirm in den Genuß des fleischgewordenen Wortes kamen, das sie nicht kannte.

Mario ließ den Motor an. Er fragte die Frau Marquise nicht,

wohin sie zu fahren wünsche, da sie in dieser Aufmachung und zu dieser Stunde immer nur ein Ziel hatte: ihr Haus in der Calle Castelló kurz vor der Ecke der Calle Lista. Doch heute wollte Blanca zur Plaza de Chamberí, zum Haus Nummer 8. Kurz vor Erreichen der Cibeles, noch bevor sich der Chauffeur zur Velázquez einordnen konnte, die, wie Blanca wußte, seine Lieblingsroute war, kurbelte sie die Scheibe, die sie von dem Italiener trennte, herunter und befahl ihm, nach links in die Castellana abzubiegen.

Marios Nacken, ausrasiert wie der der Französin, jedoch jünger und muskulöser, versteifte sich wegen dieser Änderung seiner Routine. Blanca wußte, daß Hortensia bis über beide Ohren in Mario verliebt war, doch da sie aus ihrer Kinderzeit denkbar schlechte Erinnerungen an den allzu vertrauten Umgang mit Dienstboten hatte, hielt sie sich aus diesen Dingen heraus und gestand ihnen höchstens zu, gleichzeitig ihren freien Tag zu nehmen. Als sie die Calle Colón erreichten, gab Blanca Anweisung, nach links in die Genóva einzubiegen. Diesmal zuckte Mario zusammen. Auf der Alonso Martínez befahl sie ihn nach rechts in die García Morato. Noch immer waren die versteiften Nackenmuskeln des Chauffeurs der sichtbare Ausdruck seines Unwillens. Das gewohnte Schweigen zwischen ihnen war allein schon durch die Tatsache angespannt, daß die Scheibe heruntergedreht war und sie jetzt nicht mehr voneinander trennte.

«Lassen Sie mich hier aussteigen», sagte Blanca, als sie den Platz erreichten.

«Zu welcher Hausnummer möchten Frau Marquise?»

«Lassen Sie mich hier an der Straßenecke heraus.»

«Sie wollen so aussteigen...?»

Da sie nicht die Zeit hatte, sich über seinen vorwurfsvollen Ton zu ärgern, schickte sie ihn nach Hause.

Und wenn Archibaldo nicht in seinem Atelier war? Sie wartete, bis der Isotta-Fraschini sich im Gewühl des Paseo del Cisne verlor, und begab sich dann auf die Suche nach der Hausnummer 8. Die Passanten auf der Straße drehten sich nach ihr um: Eine so wunderschöne junge Dame und so unerhört verwegen, mit unbedecktem Haupt und einem Dunlop in der Hand, das war ein außergewöhnlicher Anblick in diesem Viertel falscher *flappers*, die immer noch mit aus der Mode gekommenen Miedern unter ihren falschen, gewagten Kostümen einherstaksten und die ebenso unveränderliche wie widersinnige Angewohnheit hatten, entweder gerade auf dem Weg zur Beichte zu sein oder von einem Wohltätigkeitsbesuch bei den Armen zu kommen. Blanca bemerkte jedoch, daß selbst sie ihr verziehen, weil sie einfach zu schön und verführerisch war und so strahlend glücklich aussah, daß es eine Lust war, sie anzusehen. Und was machte es schon aus, wenn sie zufällig einem Bekannten begegnen sollte? Wenn es weit kam, würde es Casilda als amerikanische Extravaganz dargestellt werden. Doch was kümmerte es sie, was Casilda dachte? Sie war auf dem Weg zu Archibaldo, in den sie sich mit ziemlicher Sicherheit verliebt hatte. Oder in den sie sich mit ziemlicher Sicherheit verlieben würde. Er, der ein großer Künstler war, fast wie Paul Chabas, würde ein Bild von ihr malen, wie man es noch nie gesehen hatte.

War dies das Haus Nummer 8? Sehr elegant, dieser moderne Bau mit seinen riesigen, im Halbrelief herausgearbeiteten Amphoren beiderseits des Portals und den Stuckgirlanden an den Fenstern. Und sie hatte immer geglaubt, Maler wohnten in kleinen, nach ranzigem Fett riechenden Dachkämmerchen mit Vogelkäfigen ringsum auf den Balkonen und Wäsche auf den Leinen, drüben, hinter der Plaza Mayor!

Archibaldo begrüßte sie so herzlich, daß Blanca das Ausbleiben eines augenblicklichen geschlechtlichen Überfalls unwillkürlich ein wenig enttäuschte. Warum warf er sich nicht auf sie und nahm sie gleich auf dem roten Teppich des Podests, auf dem vermutlich seine Modelle posierten? In der schlichten Höflichkeit des Malers lag statt dessen gar ein Hauch von Schüchternheit, bei dem Blanca sich nicht sicher war, ob er ihr gefiel oder nicht. Oder war es Scham, weil er den Hund zu ihr gelassen hatte? Sie nahm sich vor, ihn keinesfalls danach zu fragen. Sollte er ihr von sich aus erklären, daß das Bestandteil seiner großen Liebe zu ihr war.

Es sei zwar erst halb zwei, bemerkte Blanca, als sie eintrat, und sie sei auch nur auf einen kurzen Sprung von ihrer Tennisstunde in Puerta de Hierro vorbeigekommen, weil sie sich die Gelegenheit nicht entgehen lassen wolle, sich ihm im weißen Tennisdress zu zeigen, vielleicht gefalle ihm ja die Idee, sie so zu malen. Die Vorstellung begeisterte den Maler, und er erklärte ihr lächelnd, er halte das für einen sehr gewagten Einfall, sehr innovativ, der mit Sicherheit zu einigem Gerede Anlaß gäbe. Blanca war unterdessen an das große, weit geöffnete Fenster getreten und sah auf die Baumkronen der Plaza de Chamberí hinab. Als sie in überschwengliche Begeisterung über den Ausblick aus seinem Atelier ausbrach, ging er zu ihr, um ihn mit ihr zu teilen, trat so nah hinter sie, daß sein Körper fast ihren Rücken streifte, und stützte sich mit der Hand am Fensterrahmen ab, so daß sein ausgestreckter Arm die junge Marquise gefangenhielt, ohne sie jedoch zu berühren.

«Wirklich, gefällt es Ihnen ...?»

«Hinreißend», sagte sie und wandte sich abrupt zu ihm um, so daß sie sich kaum noch bewegen konnte. Er rührte sich nicht. Er lächelte nur. Ihre Augen, so dicht vor den seinen, sahen jetzt, daß die des Malers nicht graugelbgrün waren, denn die hatte er ihr mit seinem Hund als Geschenk übersandt. Lächelnd erkannte sie, daß sie schwarz waren wie am ersten Tag. Sie spürte sogar noch ihr Brennen in den Kniekehlen, als sie die Treppen hinaufgeflohen war, während der Hund ihr hinterhergebellt hatte... und diese blendendweißen Zähne in dem unwiderstehlichen schwarzen Bart...

Sie berührte ihn.

«Er sticht», sagte sie.

Archibaldo streichelte ihr Haar.

«Was man von deinem Haar nicht sagen kann...»

«Ihre Freundin, Tere Castillo», sagte Blanca, um ihn zu reizen, «hat mir versprochen, mich in dieser Woche zu einem Friseur mitzunehmen, der mir eine Clara-Bow-Frisur schneidet.»

Archibaldo beugte sich kaum merklich vor und gab ihr einen leichten Kuß auf die Lippen, ohne seine stützende Hand vom Fenster zu nehmen. Dann nahm er seinen Kopf zurück, lächelte wieder, und sein Lächeln schien sich für immer mit dem ihren vereinigen zu wollen.

Der wonnige Schauer, der Blanca dabei durchzuckte, ging tiefer, als hätte er in den Ausschnitt ihrer Bluse gegriffen und ihre Brüste gestreichelt. Das Atelier ertrank im unvergleichlichen

Licht des Madrider Frühlings, das die Dinge in gleißendes Porzellan verwandelte. Schals in leuchtenden Farben hingen an den Wänden, in einem barocken Rahmen war ein Schultertuch drapiert. Überall lagen Kissen und Skizzen herum, an den Wänden lehnten Bilder mit der Rückseite nach vorn, alles in scheinbarer Unordnung, in Wirklichkeit jedoch, spürte Blanca, einer inneren Ordnung gehorchend, die Ausdruck einer Sensibilität, einer Lebenseinstellung war, die sie aufregend fand. Im Halbschatten einer mit Lilien und Schwalben verzierten Spanischen Wand entdeckte sie ein Bett, anheimelnd in einem mit Leopardenfell und einer Vase mit Pfauenfedern geschmückten Eck.

«Nein», sagte er, Bezug auf etwas nehmend, das sie, wie ihr schien, vor hundert Jahren gesagt hatte, noch vor dem Kuß, in dem die Erinnerung daran zerflossen war.

«Welch eine wundervolle Atmosphäre in diesem Atelier!» rief Blanca aus.

«Heute morgen habe ich Tere Castillo unten vorbeigehen sehen», sagte Archibaldo. Beide befanden sich noch immer im leichten Zustand bezaubernder Erregung. «Sie sah herauf, und ich erkannte ihren Federbusch genau von hier, wo wir jetzt stehen, hielt mich aber hinter dem Fenster verborgen, weil ich fürchtete, sie könnte heraufkommen und mich bitten, sie zu begleiten. Ich habe mir geschworen, nie mehr mit ihr auszugehen. Beim letztenmal hat sie mich zu einem Spaziergang über die Gran Vía gezwungen. Sie hatte sich ganz in Rot und Gelb gekleidet und sah aus wie eine wandelnde Nationalflagge; alle Welt nahm Haltung an vor ihr. Ich tat mein Bestes, um die Fahne wieder vom Mast zu holen, aber nichts, die Leute fingen an zu marschieren, als wären sie auf einer Parade... Klar, Tere läßt sich nicht einfach vom Mast holen, wenn sie einmal oben ist.»

Blanca mußte lachen und fühlte sich so vollkommen losgelöst von allem, was nicht reine, sprudelnde Freude war, daß sie kaum noch die Kraft fand, ihre Schenkel zusammenzupressen, um nicht Pipi zu machen; eine kleine Tragödie, die ihr passiert war, als sie sich bei der Uraufführung von *Ein Teufel im Himmel* von Carlos Arniches vor Lachen nicht mehr hatte halten können.

Da er merkte, daß er sie belustigte, fuhr Archibaldo fort: «Am schlimmsten war es, als wir die Straße überquerten. Die Polizisten hielten den Verkehr an, und Tere grüßte glückstrahlend nach links und rechts, als sei das für sie alles ganz natürlich.»

Blanca verging vor Lachen und mußte sich gegen seinen Arm lehnen. Da nahm Archibaldo seine Hand vom Fensterrahmen, sein Arm legte sich sanft um ihre Taille, und mit der anderen Hand suchte er ihren heißen Nacken unter ihrem herabfließenden Haar, während sie seinen Bart streichelte. Blanca suchte seinen Mund. Sie küßte ihn lange und zärtlich, ohne jedes Zeitgefühl, ganz hingegeben an diese elementare Liebkosung, die wie der Titel eines Buchs war, der bereits einen Teil des Inhalts offenbarte. Sie hatten das ganze Leben, ganze Bände noch vor sich: Dieser Kuß berührte die erste Seite der Lust, die sie beide – wie alle Romanschriftsteller versicherten – im Gleichklang würde vibrieren lassen.

Als der süße Kuß nach einer Ewigkeit zu Ende ging, schien das Atelier in neues Licht getaucht zu sein, Archibaldo und Blanca schlangen ihre Arme einer um des anderen Taille, und er zeigte ihr seine Bilder. Auf einer riesigen Staffelei tummelten sich farbenprächtige Zigeunerinnen und füllten einen Teil des Ateliers mit Trubel und bunten Blumen. Ein Podest mit Sessel für das Modell, nahm Blanca an, und ein Zeichenbrett auf dem Sitz eines Stuhls, davor ein anderer Stuhl: Archibaldo ergriff ein Stück Zeichenkohle, und wie von Zauberhand brachte er in nur einer Sekunde Blancas Gesicht aufs Papier, bemächtigte sich ihres Seins, wie die Indiofrauen fürchteten, wenn man sie fotografierte. Blancas Herz – sollte es! – pochte wie rasend. War so etwas möglich? Und wie war das alles nur möglich? Diese heiße Hand auf ihrer Taille, die sie am liebsten für immer dort gefühlt hätte, ohne Zeitnot, ohne Furcht. Wie war es möglich, ohne Scham den Duft ihrer Weiblichkeit zu spüren, zu fühlen, wie er den Maler unmerklich einhüllte, ihn gänzlich durchdrang? Wenn sie vor einem seiner Bilder in besondere Verzückung geriet – was leicht passierte, da sie alle sehr schön waren –, zog er sie an sich und küßte sie. Völlig verschwunden war ihre erste Enttäuschung darüber, daß er nicht gleich über sie hergefallen war, um sie wie ein Wolf zu verschlingen. Diese ausschweifende Einführung in das Unausbleibliche war in sich schon eine Form der Lust, die später leicht in einem anderen Vibrato ihren Ausdruck finden konnte.

Archibaldo hatte plötzlich Hunger. Warum nicht zuerst etwas essen, damit man hinterher nicht... nun, die Sitzung unterbrechen mußte? Ja, vielleicht, nickte Blanca. Warum dann nicht eben nach unten in die Bar gehen, eine Kleinigkeit zu sich nehmen? Sie sagte, auf keinen Fall in dieser Aufmachung. Sie solle nicht albern sein, antwortete er, so jung und wunderschön – endlich jemand, der einfühlsam genug war, nicht ihren Titel und ihren Reichtum mit anzuführen – sei sie in jeder Aufmachung, und ganz besonders in ihrer jetzigen, eine Sensation, wo immer sie sich sehen lasse.

«Zu welchen Verrücktheiten mich dieser Mann treibt...» seufzte sie. Aber da sie ebenfalls hungrig war, begleitete sie ihn.

In der Bar *El Bilbaíno*, randvoll mit lärmenden Männern, Arbeitern, Angestellten, Müßiggängern und was es sonst noch alles gab, was tat es zur Sache, denn alle waren sie gleich, weil sie alle jung waren und aßen und tranken und lachten und diskutierten; schlug das Erscheinen der jungen Marquise de Loria – lächelnd, ganz in Weiß und mit wallendem Haar – wie eine Bombe ein. Man trat beiseite, um das Paar zum überfüllten Tresen durchzulassen, klopfte Archibaldo auf die Schulter, fragte ihn, wo er diesen Engel aufgetrieben habe, zu dem sie alle beten wollten, und in welchem Stück er auftrete, damit man die Theaterkarten aufkaufen könne, so bezaubert waren sie von ihr, die ihnen antwortete, sie verkaufe keine Karten, sondern verschenke sie, und alle waren hingerissen, aber auch voller Respekt, weil sie zu Archibaldo gehörte, der alle kannte und mit den meisten befreundet war. Sie spendierten ihnen ein Glas nach dem andern, und sie tranken sie alle und aßen auch ein paar Kleinigkeiten, bis Blanca, die sich von lauter verzauberten Gesichtern umringt sah, das Gefühl hatte, sie alle befriedigen zu können, wenn jetzt jemand den Vorschlag machen würde, das Lokal zu schließen und sie auf dem Tresen zu entkleiden. Archibaldo, größer und auffälliger als die übrigen mit seinem großen schwarzen Hut, drängte jedoch plötzlich zum Aufbruch und verabschiedete sich von seinen Freunden, die nicht zuließen, daß er bezahlte, weil sie den Engel belohnen wollten, den der Maler dem Himmel gestohlen hatte.

Sich einen Weg durch die sie umdrängende Menschentraube bahnend, strebte Blanca dem Ausgang zu, warf Handküsse um sich und hatte auch nichts gegen die eine oder andere höchst beabsichtigte Berührung ihres verführerischen Hinterteils einzuwenden. Man stimmte ein Hochlied auf das enteilende Pärchen an, das auf die Straße trat und dann in dem langsamen Fahrstuhl nach oben fuhr, der tatsächlich eine Ewigkeit brauchte. Angeregt vom Alkohol, riß Archibaldo Blanca an sich und küßte sie auf den Mund, und obwohl die Gitterstäbe des Aufzugs sie nicht vor Blicken schützten, fuhr seine Hand unter Blancas Röckchen und tastete nach der wohlbekannten Seide ihrer Hüften.

Sie löste sich von seinen Lippen und sagte entschuldigend: «Heute mußte ich es mir anziehen, denn Tennisspielen ohne...»

Beider Enttäuschung hatte ein Ende, als er die Wohnungstür hinter sich verschloß und sie zum Bett führte. Er flüsterte: «Zieh dich aus...», während er schon dasselbe tat, wie sie seine Kleidungsstücke auf den Teppich warf und den Paravent zusammenschob, um das Bett dem goldenen, grünen, klaren Licht zu öffnen, das durch die Fensterscheiben fiel und die samtenen Körperrundungen Blancas bedeckte, die mit halbgeschlossenen Augen und feuchten Lidern auf den Laken hingestreckt lag und an denen er sich nicht sattsehen konnte.

«Wie schön du bist!»

Blanca öffnete die Augen und lächelte ihn vom Bett her an.

«Du auch.»

Und es stimmte: die schlanke Geschmeidigkeit seiner Muskeln, der kräftige Oberkörper und die starken, sehnigen Beine...

«So stark und schlank... wie Paavo Nurmi...»

Und dann, die Haut des einen an die Haut des anderen geschmiegt, umschlangen sie sich in der ersten Umarmung der Menschheit. Alles war ursprünglich, ohne Strategie, nur die fröhliche Unmittelbarkeit der Lust. Seine Lippen küßten ihren Mund auf tausenderlei Art, ihre ineinandergeschlungenen Beine trotz der Erregung entspannt, die Arme eine unerschöpfliche Abfolge von Windungen; Knöchel, Hände und Finger auf der Suche nach Hüften und Becken, vorstoßend zur Waldgrenze der Geschlechter. Sie würde, beschloß sie, ganz gleich, was wer dazu sagen mochte, nicht nur die ganze Nacht bleiben, sondern auch noch morgen und übermorgen und über, über... übermorgen, bis alle Wonnen, wer weiß wann, ausgeschöpft waren, wenn sie überhaupt auszuschöpfen waren. Ihre Brüste waren zu vollkommen neuem Leben erwacht, wie zwei Tiere, die nicht wildern, sondern weiden wollten, die Liebkosungen des anderen trinken, dem sie sich ganz geöffnet hatte, noch ehe er sie nahm. So wollte sie es. Denn dieses Spiel des Aufreizens der Sinne, die Streifzüge seiner Lippen, selbst seines Geschlechts durch die Landschaft ihrer Achseln, die ihm neu und deren Schönheit ihr wohlvertraut war, all das verflocht sich immer mehr zu einer Traube von Zärtlichkeiten, einem natürlichen *crescendo*. Jede Berührung war Quell einer anderen, unerwarteten Sinnenfreude, steigerte ihre Liebe und dehnte sie zu einem endlosen Rausch, der sie auf sanften Flügeln davontrug. Keiner spürte das Gewicht des anderen auf sich noch Beklommenheit unter sich, so voller Tatendrang, so hungrig und hingegeben im Taumel ihrer Schenkel und Bäuche, als ihre Leiber sich verzehrten und das lustfeuchte Liebesnest des einen in der schwarzen Triangelnacht des anderen ertrank, bis sie am Ende des Labyrinths des Suchens und Findens immer neuer Erregungen den Lichtschimmer erahnten, da warf sie sich auf den Rücken, und er, den sie gewaltig und entschlossen über sich sah, gehorchte ihr im selben Augenblick, in dem sie ihn beinah anschrie, weil nur das ihr noch fehlte: «Jetzt, Liebster, jetzt...»

Und Archibaldo senkte sich in diesen zuckenden, üppigen, samtenen Leib, den er gerochen, geschmeckt und gestreichelt hatte, drang in ihn ein bis zu jener Tiefe, die sie nie für möglich gehalten hatte, doch jetzt mit ihm wiedererkannte als die Unendlichkeit hinter der Kirsche der Lust, die ein Teil von ihr war. Seinem langsamen, gradlinigen Rhythmus begegnete sie mit einem Wiegen, das ihn ergänzte, ihn unterstützte und ihm eine zusätzliche Bedeutung gab, als sie sich mit ihm vereinigte, als beider Münder denselben Atem atmeten, beider Schweiß ein einziger Schweiß, zwei verschiedene Anatomien in ein einziges Tier sich verwandelten, das zwei verschiedene Freuden suchte, die zu einer einzigen verschmolzen, Blancas Schenkeln, die sich voller Zärtlichkeit und Ungestüm um Archibaldos Hüften preßten, ihn umfingen und in einen Strudel zogen, der ihm zeigte, daß sie bereit war, nach einem Jahrhundert der Lust zu zerbersten. Sein Mund war in ihrem Haar, das sie nicht abschneiden lassen würde, weil er es niemals zuließe, ihr heißrotes Ohr war in seinem Mund, seine Zunge konnte es schmecken, ja, seine Zunge, die Blanca in den Wahnsinn trieb.

«Jetzt...» flüsterte sie.

Und er stimmte ihr zu.

«Jetzt...»

Und dann überschwemmte er sie in einer gewaltigen, zuckenden Eruption, die sie mit dem lodernden Orgasmus ihrer explodierenden Sinne eins werden ließ. Blanca trieb dahin und lernte immer neue Wonnen kennen, die wie junge Blütenknospen in ihr aufsprangen, da Archibaldo unvermindert in ihr blieb, bis sie den letzten Reiz dieser endlos währenden Lust ausgekostet hatte, die sie kein zweites Mal würde empfinden können. So zumindest träumte sie, wohlig ermattet, während ihn an ihrer Seite der Schlaf übermannte, der vielleicht eine Minute, aber kaum länger dauern würde, wenn er überhaupt schlief... und sie versuchte, ihn ein zweites Mal zu lieben, aber er zerschmolz wie Paquito, verstarb wie Don Mamerto, hob die linke Augenbraue wie Almanza... doch nein, sie spürte Archibaldos schlafende Wange ja an ihrer Wange.

Schlafend? Wie sie? Sie streichelte ihn – stellte er sich nur schlafend und genoß ihr Tun? – und verschlang ihn mit Küssen, er bewegungslos, Schlaf vortäuschend, herrlich passiv, obwohl er schon wieder so stark war, daß sie sich rittlings auf ihn schwang und beobachten konnte, wie seine Lippen in dem schwarzen Bart sich allmählich zu einem Lächeln öffneten, je tiefer sie sich, ganz behutsam, ganz langsam, auf ihn herabsinken ließ, bis sie ihn in Besitz genommen, bis er ihre Abgründigkeit ausgefüllt hatte. Da lief ein Fieberschauer durch ihren Körper, der auf ihn übersprang, ihn erzittern ließ, obwohl er noch immer reglos dalag und Blancas warme Tiefe in sich einsog. Sie wollte ihn noch einmal im Fieber erschauern sehen, erhob sich von ihm, ließ ihn langsam frei, um ihn gleich darauf wieder zu verschlingen, und wiederholte diesen herrlichen, atemberaubenden Vorgang noch einmal und wieder und wieder, um ihn aufzuwecken, ihm den Verstand zu rauben... bis sie fühlte, daß Archibaldo kaum noch an sich halten konnte, nach wie vor aber reglos blieb, genau, wie ihr es gefiel, obwohl er mit halbgeöffneten Augen das Schauspiel ihrer schwingenden Brüste genoß, in denen sich das Kreisen ihrer Hüften fortsetzte, den Tanz ihrer aufgerichteten Spitzen, nach denen sein Mund sich verzehrte, die köstliche Falte in Blancas angewinkelten Schenkeln, die in der Vereinigung mit seinem Becken das verwirrende zweiköpfige und zweigeschlechtliche Wundertier gemeinsamer Lust hervorbrachten... und sie, der Ekstase nahe, beugte sich zu ihm hinunter, bis ihre Brüste auf seine harten Brustwarzen stießen, sie elektrisierten und das erregende Spiel dieses hochempfindlichen Quartetts sie dem Wahnsinn nahebrachte, sie ihren Rhythmus beschleunigen ließ, auf diesem Mann, der sich totstellte vor Lust, die sie ihm bereitete, bis er es nicht mehr ertrug und seine Arme um sie schlang und sie an sich preßte und sie sich an ihn und ihn an sich, in einem tosenden Orgasmus, nach dem beide erschöpft in die Kissen sanken.

Das Erwachen kam diesmal langsam, wie aus weiter Ferne, vielleicht weil der Schlaf tiefer gewesen war. Sie erwachten, einander streichelnd und zärtlich liebkosend, als hätten sie schon im Traum damit begonnen... sie erforschten ihre Muttermale und erzählten sich die Geschichten ihrer kleinen Narben, lachten über Behaarungen an Stellen, an denen sie eigentlich keine vermutet hätten, fanden gerötete Flecken auf ihrer Haut, denen sie Namen von griechischen Inseln gaben und die von ihren Küssen herrühren und ihnen vielleicht auch ein bißchen Schmerz bereitet haben mochten, einen Schmerz, der ihnen zur Lust verholfen, sich mit ihrer Lust verbunden hatte, nein, nein, es tut wirklich nicht mehr weh, du Dummer, aber sieh doch, hier, die Abdrücke meiner Zähne... das muß dir doch weh getan haben... und wenn es wirklich geschmerzt hat, mein Herz, verzeihst du mir? Und dieses aufgeworfene Muttermal, ob das nicht Krebs war, obschon man kaum glauben konnte, Krebs in der Taille zu bekommen? Auch das herrliche Quartett ihrer Brustwarzen, deren Glut das Feuer ihrer Lenden erhitzt hatte, wurde eingehend untersucht, wiederbelebt, aufs neue ausgekostet, bis Blanca mit Blick auf die hereinbrechende Dämmerung sagte: «Ich glaube, es wird ein bißchen kühl...»

Archibaldo sprang auf und zündete den Ölofen an, den er ans Bett stellte, jedoch nicht zu nah. Sie erzählten sich Dinge aus ihrem Leben, sie von Nicaragua. Warum Nicaragua, dachte sie, das ihr gar nicht gefiel, während sie hier in Madrid doch so glücklich war? Von ihren unerträglichen, neidischen Schwestern, besonders Charo, die nur wenig jünger war als sie und ihr am ähnlichsten sah, obschon sie vom Typ her dunkler war, von den dunkelhäutigen Frauen ihrer Kindheit und dem karibischen Mond. Archibaldo reagierte nicht, wie sie erwartet hatte, als sie das Wort Mond aussprach, erwähnte nichts von Lunas Verschwinden. Warum schwieg er dazu? Welches Geheimnis verbarg er vor ihr? Sie würde ihn nicht danach fragen. Wenn er sie wirklich liebte, mußte er ihr erklären, was es mit dem unerklärlichen – für jeden anderen mehr als für sie und gewiß auch für ihn – Verschwinden von Luna auf sich hatte.

Und er? Da gab es viel zu erzählen. Sie gewann den Eindruck eines sehr geheimnisvollen, sehr talentierten, klugen Mannes, als er von seinem Lehrmeister Anglada Camarasa berichtete, der das größte Genie war, das die spanische Malerei je hervorgebracht hatte, und dem er seine Kunst und seine Technik verdankte. Eines Tages hatte Anglada ihn, der damals fast noch ein Junge war, mit einer Botschaft zu einer wunderschönen kubanischen Dame geschickt, die zwar schon etwas reif, aber immer noch berühmt war für ihre herrlichen Brüste und ihr überschäumendes Temperament. Als sie den jungen Boten in ihren Salon treten sah, hielt sie ihn für den Maestro persönlich und nannte ihn ein Genie, einen Dichter der Farben, den Herrn des Regenbogens, schloß ihn in ihre Arme, tätschelte ihn und überhäufte ihn derart mit Komplimenten, daß der junge Archibaldo den Schwall von Schmeicheleien mit keinem Wort zu unterbrechen vermochte, um der opulenten Dame das Mißverständnis nahezubringen. Ihre völlig entgleiste Bewunderung für den falschen Anglada Camarasa gipfelte in einem Ringen nach Atem, während dem sie eine ihrer wundervollen Brüste aus ihrem Ausschnitt hob, sie dem Jungen in die Hand gab und sagte: «Hier, sehn Sie nur, das is für Sie, mein größter Schatz, den schenk ich Ihn'n...» Und legte ihr gewaltiges Euter dem jungen Archibaldo ins Täschchen.

«Ins was?»

«Ja, in die Brusttasche des Hemdes.»

Sie schauten sich an und bekamen beide zugleich einen derartigen Lachanfall, daß ihr die Luft wegblieb und sie nicht mehr an sich halten konnte und unter ihrem nackten Hinterteil plötzlich einen heißen See fühlte, der sich unkontrolliert ausbreitete, je heftiger sie sich bei dem Gedanken an die große Brust in der kleinen Hemdtasche in Lachkrämpfen wand. Trotz des Lachens errötete sie. Sie warf sich ihm an den Hals, um die beschämende Feuchtigkeit nicht mehr zu spüren und damit er ihr Erröten nicht bemerke.

Vom Lachen erschöpft, lag er da und betastete den feuchten Fleck mit seiner Hand.

«Nicht», sagte Blanca. «Ferkel...»

«Warum Ferkel?»

«Ich weiß nicht. Weil so was eine Ferkelei ist. Weil das nur arme Leute tun...»

Er entwand sich ihren Armen, beugte sein bärtiges Gesicht über den warmen Fleck, den ihre Haltlosigkeit verursacht hatte, und hauchte einen zärtlichen Kuß auf ihn. Blanca zog Archibaldo auf sich. Die Liebesspiele begannen erneut, bis es hinter dem großen Fenster dunkel wurde, beide im Lichtschein der Straßenlaternen, der die Baumkronen erleuchtete, und im Flackern des Ölofens, der das Zimmer mit Geheimnis erfüllte, lustvoll dahindämmerten und sie sich eine parfümierte Miss Blanche anzündete. Später bat Archibaldo sie, nackt für ihn Modell zu sitzen, was sie mit großem Vergnügen tat, jedoch bestand sie darauf, daß er ihr Gesicht nicht malte, damit niemand sie erkannte. Sie war so stolz, empfand eine solche Wonne, sich auf diesen herrlichen Skizzen zu sehen, für die sie posierte und immer neue Posen fand, daß sie während einer etwas längeren mit einem Arm hinter dem Nacken und angewinkeltem Knie – wie *Die Fontäne* von Ingres, sagte Archibaldo, der sehr gebildet war – einen kleinen Orgasmus nicht verhindern konnte, der zwar wie von allein kam, aber von Archibaldos forschen Blicken auf ihre Scham hervorgerufen wurde und den sie nicht mit ihrem Geliebten teilen wollte. Nein, sie würde ihn für sich behalten.

Warum nicht, da er das Geheimnis um Lunas Abwesenheit ja auch nicht mit ihr teilte?

Danach, vor allem weil ihr ein wenig kalt geworden war, schlüpfte sie wieder in ihren Tennisdress, und mit dem Tennisschläger in der Hand, den Arm erhoben, so daß ihre herrliche Achselwölbung zu sehen war, während Archibaldo ihr von Anglada Camarasa, von Moreno Carbonero, Pons Arnau und anderen Malern erzählte, deren Namen ihr nichts sagten, deren Klang ihr aber gefiel, ließ sie den Maler zahllose Skizzen für ihr Porträt anfertigen... doch keine davon gefiel ihr so richtig. Sie zweifelte noch, ob sie es ihm sagen sollte oder nicht, als es klingelte.

«Wer mag das sein?» fragte Blanca erschrocken.

«Was kümmert uns das? Ich bin Porträtmaler, nicht? Ich male ein Porträt der Marquise de Loria in Tenniskleidung, das ausgestellt und ein großer Erfolg werden wird.»

Es war Tere Castillo, ohne die Französin. Sie war überraschter, als sie zu erkennen gab, Blanca in Tennispose auf dem Podest vorzufinden. Ihre forschenden Augen suchten nach Spuren, die Blanca und Archibaldo auf dem Bett und auch im übrigen Zimmer glücklicherweise beseitigt hatten. Sie umarmte Blanca und gab ihr ein Küßchen, wie sie es in ihrer übertriebenen Art jedesmal tat, wenn sie sie traf.

«Liebstes, ich hatte ja keine Ahnung...! Du mit deinen kleinen Geheimnissen. Nimm dich nur in acht mit Archibaldo, das kann gefährlich werden.» Sie trat näher, um die Skizzen der Tennisspielerin zu betrachten. «Das ist ja entzückend! Wie originell, ein Ganzporträt in Tenniskleidung. Wie modern! Wirklich entzückend... so was! Warum malen Sie mich nicht auch so, Archie? Ich kann zwar weder Tennis spielen noch habe ich die Statur von Lily Alvarez, klar, mit dem Schläger in der erhobenen Hand gäbe ich wahrscheinlich eher die Freiheitsstatue ab. Nein, nicht auszudenken! Haben Sie schon mit dem Porträt von Paquito begonnen, das Don Mamerto in Auftrag gegeben hat? Wo sind denn die Flügel?»

«Gerade deshalb ist die Frau Marquise zu mir gekommen, um

zu sehen, wie weit die Vorbereitungen fortgeschritten sind und um die Einzelheiten zu besprechen. Ich sah sofort, daß ich sie in Sportkleidung porträtieren mußte.»

«Ach ja? Und diese Skizzen? Noch etwas unvollständig...»

Und wenn sie ihren nackten Körper erkennen würde? dachte Blanca entsetzt. Unmöglich. Ihr Körper konnte der eines beliebigen jungen Mädchens sein, irgendeines Modells, wohlgeformt und anmutig... nein. Aber aus welchem Grund war Tere eigentlich gekommen? Um zu spionieren? Mit welchem Recht beanspruchte sie Archibaldos Zeit, und was kümmerten sie seine Arbeiten? Hatte sie ein Verhältnis mit ihm? Dieses gekünstelte *Sie,* wenn sie mit ihm sprach... Hatte er vielleicht ein Verhältnis mit allen Frauen, mit all den Damen, die für ihn Modell saßen? Und hatte sich sein Name unter Frauen wie Tere Castillo herumgesprochen, war er zum Modemaler avanciert, weil er ein so schöner Mann und so bezaubernd war? Woher wußte Tere das mit Paquitos Flügeln, war doch das Porträt erst am Vortag in Auftrag gegeben worden? So vieles in diesem Zimmer war ihr unbekannt, schien Archibaldo vor ihr zu verbergen – es war ihm nur schwer zu verzeihen, dachte sie voller Zorn, daß er, obwohl sie den ganzen Tag bei ihm verbracht hatte, keinerlei Neigung zeigte, Lunas Verschwinden zu erwähnen –, und sie verspürte keinerlei Neigung, es zu enträtseln. Nun gut. Wenn Tere ein Verhältnis mit Archibaldo hatte, dann hatte sie eben ein Verhältnis mit Almanza. Sie hatte zwar beschlossen, zu ihrem Treffen mit ihm am nächsten Abend nicht zu erscheinen, aber jeder Entschluß konnte rückgängig gemacht werden. Archie... wie entzückend! So was! Das hatte ihr noch gefehlt. Wenn es stimmte, daß er sich nach der Berührung ihrer himmlischen Haut verzehrte, wohlan, sollte er sich verzehren. Sie sah auf ihre Patek Philippe. Huch! rief sie und ergriff ihren Dunlop. Es war schon spät. Sie mußte unverzüglich aufbrechen. Sie würde ihn benachrichtigen, wann sie das nächste Mal kommen könne...

«Wie... Sie gehen schon?» rief Archibaldo.

«Ja, ich ziehe es vor, die Sitzung zu beenden, ich bin müde», entgegnete sie und dachte an Luna und an seine stillen, feuchten Augen, die in ihrem Schlafzimmer auf sie warteten. Er zumindest war beständig. Was sie angenehmerweise bei Almanzo morgen nicht sein mußte. Doch keinesfalls würde sie Tere das Feld überlassen. Sie sagte, da Mario heute seinen freien Tag habe, könne er sie nicht abholen, und sich in dieser Aufmachung und um diese Zeit auf der Straße zu zeigen, sei wenig ratsam. Ob es ihr vielleicht etwas ausmachen würde, bei ihr vorbeizufahren?

Der Abschied war kurz, um nicht zu sagen brüsk, was Tere argwöhnisch die Braue heben ließ. Sie stiegen in das *coupé*, das sie selbst chauffierte – noch immer vermerkten gewisse Madrider Blätter mit liebevoller Nostalgie, daß Tere Castillo die erste Dame der Gesellschaft gewesen war, die ihr eigenes Auto lenkte, als wäre sie ein Mann –, und fuhren zum Palais der Lorias, das alles in allem nur wenige Straßenzüge entfernt lag, gerade auf der anderen Seite der Castellana.

Blanca hörte nicht auf das, was Tere ihr erzählte. Sie wollte nichts hören. Mochte sie gegen Archibaldo sagen, was sie wollte, auch wenn jedem Vorwurf ein «Gewiß, er ist ein süßer Bengel...» voranging. Und warum sprach sie so wohlgefällig von ihrem Cousin Almanza? Blanca wollte nichts hören, und sie wollte nichts wissen. Kommende Woche, wenn sie ihre Angelegenheiten mit den Mamertos geregelt hatte, würde sie mit den Vorbereitungen für ihre Reise nach Nicaragua beginnen, wo sie eine ganze Weile bleiben wollte. Ihren unausstehlichen Schwestern würde sie allerdings kein anderes Geschenk als ihre getragenen Kleider mitbringen. Wenn dieser Möchtegernmaler glaubte, den Don Juan mimen zu müssen, sollte er sich eine andere suchen. Tere nannte eine ganze Liste erzfrivoler Damen wie sie selbst, die den Maler für einen wahren Sonnenschein hielten. Gleich morgen würde Blanca den Salon *Chez Alphonse* aufsuchen, um sich das Haar *à la garçonne* schneiden zu lassen; sie konnte es kaum erwarten, wie der «süße Bengel» diese Neuigkeit aufnehmen würde. Vor ihrer Haustür stieg sie aus, ohne an Tere ein Wort des Abschieds zu verlieren.

Man öffnete ihr die Tür mit sichtlich besorgter Miene. Als Hortensia sie eintreten sah, kam sie mit verweinten Augen die Treppe heruntergeeilt. Was sie denn den ganzen Tag gemacht habe in ihrer Kleidung, die sei doch nur für den Sport! Gott sei Dank habe das Fräulein Tere sie begleitet, diese gute Seele! Blanca stieg die Marmorstufen in gemächlicher Gelassenheit hinauf, als schreite sie mit schleifender Schleppe über die Treppe eines herrschaftlichen Palasts. Wenn wenigstens der Schlüssel zu ihrem Schlafzimmer dagewesen wäre, damit sie hätte aufräumen können, sagte Hortensia vorwurfsvoll... aber nun, das könne sie jetzt im Handumdrehen erledigen...

«Nichts da», hielt die Frau Marquise, eine Hand bereits auf dem Türgriff, sie zurück. «Ich werde heute nicht zu Abend speisen. Geh schlafen. Oder besser noch, du hast heute abend frei... Geh, geh mit Mario aus. Ich werde dich morgen früh rufen, wenn ich frühstücken möchte. Gute Nacht.» Sie schlug ihrer Kammerzofe die Tür vor der Nase zu.

Die zwei Monde sahen sie aus der Dunkelheit an, aus dem Nest im Atlasstoff am Fußende des Betts. Zu dieser Stunde, da man im Retiro nicht mehr unterscheiden konnte, ob eine Person ein abgestorbener Baum oder ein Auswuchs der Phantasie war, leuchteten sie wie zwei graugoldene, grauabendrotglühende Phiolen. Es lag etwas Sakramentales in diesen zwei starren Lichtflecken, die ihr die Seelenruhe zurückgaben, die sie seit einer halben Stunde für immer verloren glaubte. Am liebsten hätte sie den Rest ihrer Tage in dieser Dunkelheit zugebracht, beobachtet von den beiden Monden, die ein einziger Blick waren. Um sich im Zimmer zurechtzufinden, mußte sie jedoch Licht machen.

Sie tat es und stieß einen Schrei aus. Sie stand in einem Trümmerfeld. Das Bett war verwüstet, die Sessel aufgerissen und ausgeweidet, die Tischchen mit Spiegel und allem Gläsernen darauf umgestürzt, ihr Morgenmantel aus Brokat in Fetzen, ihre Hausschuhe zerbissen und bis zur Formlosigkeit ausgelutscht, das ganze Zimmer nichts als Unrat, ein Ort des Schmutzes, der nichts mehr mit ihr zu tun hatte... und dieser Gestank nach Urin und Exkrementen. Nur der Teller, auf dem sie ihm das Fleisch gebracht hatte, der stand sauber und unversehrt neben dem Bett. Langsam, ohne Blanca aus den Augen zu lassen, als wollte er die Ärmste in seinen hypnotischen Bann ziehen, erhob sich Luna, ganz grauer Flanell, ganz Sehne und Muskel und konzentrierte Bewegung, sprang vom Bett und ging zu dem leeren Teller, den

Blick unverwandt auf sie gerichtet. Seine Zunge leckte gierig über die saubere Fläche, während die klaren Monde seiner stillen Augen sie in ihrem Bann hielten. Der Tennisschläger entglitt Blancas Händen und fiel auf den ruinierten Teppich. Nein, sie würde ihm nichts zu fressen holen. So wie er sich benommen hatte? Da hatte sie wohl das Recht, verärgert zu sein und ihn zu bestrafen. Selbst wenn der Hund verhungerte und sie mit ihm.

Sie schloß die Schlafzimmertür von innen ab. Ihr wurde klar, daß auch jene, die Macht und Reichtum besaßen, einmal Rechenschaft ablegen mußten. Aber Rechenschaft hiervon? Zuerst einmal mußte sie für sich selbst eine Erklärung finden, um es dann dem Personal zu erklären, obgleich es schon seltsam war, daß Hortensia, die ihre Nase sonst in alles steckte, nichts von den Geräuschen erwähnt hatte, die sie in ihrem Zimmer gehört haben mußte. Doch darum ging es nicht. Sie selbst, was hatte sie damit bezweckt, einen neurotischen Hund in ihrem Zimmer einzusperren und den ganzen Tag allein zu lassen? Was hatte sie gehindert, ihn zum Beispiel der Obhut ihres Gärtners anzuvertrauen, ihn im Garten herumlaufen zu lassen? Wer hinderte sie überhaupt, Besitzerin eines großen grauen Hundes zu sein – eines Weimaraners, wie Archibaldo ihr auf dem ersten Spaziergang im Park erklärt hatte –, eines eleganten, teuren, reizenden jungen Hundes? Die leeren Monde seiner Augen schauten sie an, während seine Zunge mit den rauhen Papillen, die ihre samtenen Arme so gut kannten, über den leeren Teller leckte... Die Mulattinnen ihrer Kindheit hatten ihr in Nächten der Furcht die beiden völlig gleichen Monde am Horizont gezeigt, um sie zu beruhigen. Aber warum hatte er ihr Zimmer in ein Schlachtfeld verwandelt?

Luna, ihr Luna, ihr geliebter Hund, den sie, das wurde ihr jetzt bewußt, den ganzen Tag über vermißt hatte, besonders seine Augen, die den Horizont ihrer Phantasie beherrschten. Ja, du hast Hunger, mein Luna, der du klüger bist als die Menschen und auch empfindsamer als sie. Du willst, daß ich dir Fleisch aus der Küche hole. Aber vorher mußt du mir deine Zerstörungswut erklären, deinen Schmutz, deinen Haß, deine Gewalttätigkeit. Er mußte begreifen, daß sie ihm jetzt kein Fleisch geben konnte.

Sie trat zu dem Hund, der immer noch den Teller ableckte, und bevor sie ihn streichelte, öffnete sie ihre Hände in einer hilflosen Geste. Sie hob ihre Schultern, um ihm zu verstehen zu geben, daß sie nichts zu essen brachte: Sie hatte kein Fleisch.

Da stürzte der Hund sich mit dumpfem Grollen auf sie, warf sie auf den besudelten Lumpenhaufen, der einmal ihr Bett gewesen war, und begann, ihr mit den Zähnen die Tenniskleider, in denen sie den ganzen Tag lang so viel Bewunderung geerntet hatte, vom Leib zu zerren, sie in Fetzen zu reißen und vollzugeifern. Mit seinen starken Vorderpfoten drückte er sie rücklings aufs Bett, daß ihr vor Entsetzen fast die Sinne schwanden und die Kräfte, um sich zur Wehr zu setzen. Hilflos war sie den blutrünstigen Zähnen ausgeliefert, die sie entkleideten, den glühenden Lefzen, die sie versengten, dem hechelnden Atemdunst, der sie erstickte. Kein Schrei entrang sich ihrer Kehle. Halb bewußtlos lag sie unter dem Tier, das ihr nicht nur das weiße Röckchen und den Pullover vom Leib riß, sondern auch Bluse, Unterrock, Höschen und Mieder, bis sie nackt und wimmernd dalag.

Eine Sekunde lang glaubte sie – fürchten tat sie es nicht, weil sie sah, wie die bleichen Mondseen sie anschauten –, der Hund wolle sie vergewaltigen. Zumindest wäre das eine Art Beruhigung gewesen, sie hätte ein Motiv erkennen, Zugang zu einer Erklärung finden oder einen Instinkt nachempfinden können . . . aber das war es nicht. Was war es dann? Als ihr klar wurde, daß sie es niemals erfahren würde, und das Gefühl hatte, vor einem bodenlosen Abgrund zu stehen, da erbebte sie unter einem eisigen Schauer, der in einen Orgasmus des Entsetzens mündete, hervorgerufen durch diesen grauen Körper über sich, den ihr Geschlecht, das jeden zu sättigen, ja, sogar zu töten vermochte, nicht befriedigen konnte.

Als Luna begriff, daß Blanca ihm alles gegeben hatte, schien er besänftigt. Wer eine Situation wirklich beherrscht, hat keinen Grund, grausam und despotisch zu sein; diese bleichen, stillen Augen zu haben, genügte vollauf. Und während Blanca in die schwindelerregende Tiefe ihres Alptraums tauchte, zerrte Luna die zerrissenen Fetzen dessen, was die Tenniskleidung der Marquise de Loria gewesen war, zu einem Haufen zusammen, formte sich eine Art Nest auf dem Boden, in dem er sich zusammenrollte.

Blanca war fest eingeschlafen. Und Luna, mit seinen leeren,

graugelbgrünen Augen, die auf so unbegreifliche Weise jeder Intensität entbehrten und auf eine andere Art glänzten als das Glas, als das Kristall des Lüsters, als der silberne Nippes und die Bronzebeschläge der Schränke des ehelichen Schlafzimmers, das nach Paquitos Tod wieder hergerichtet worden war, wie zu einer neuen Hochzeit, starrte sie die ganze Nacht unverwandt an, um sie für immer der Kreisbahn seiner bleichen Zwillingssatelliten einzuverleiben.

KAPITEL SIEBEN

Das erste, was Blanca wahrnahm, als sie erwachte und entsetzt die Hände vors Gesicht schlug, war der katastrophale Zustand ihrer Fingernägel: rissig, der Lack aufgesprungen, die Nagelhaut unregelmäßig und an manchen Stellen abgelöst: Was nichts anderes bedeutete, als daß sie Hortensia rufen mußte, damit die sie manikürte, wenn sie am Abend bei Almanza – wie sie es sich vorgenommen hatte – als Wirklichkeit gewordener Traum erscheinen wollte. Aber sie würde Hortensia nicht rufen. Sie würde niemanden rufen. Sie würde allein bleiben, Gefangene ihres eigenen Willens, allein in diesem Zimmer, das dieser Hund verwüstet hatte – der mehr über sie wußte als sie selbst –, bis es Zeit war aufzubrechen, damit Almanza sein Versprechen wahrmachen und sie so von diesem Fluch erlösen konnte.

Daß ihr schönes Zimmer sich in einem ähnlichen oder noch schlimmeren Zustand befand als ihre Fingernägel, berührte sie nicht besonders: Hier war nichts passiert, wenn sie sich nicht von Panik überwältigen ließ. Das Haus war schließlich ihr Haus. Sie entschied, welche der Dinge, die hier geschahen, tatsächlich geschahen, und welche, indem sie nicht erwähnt wurden, einfach nicht existierten. Aus ihrer Sicht der Dinge – die sie nicht sah, weil sie sie mit über den Kopf gezogener Bettdecke nicht sehen wollte – brauchte sie nur Tischler und Tapezierer kommen zu lassen, sie um einen Kostenvoranschlag zu bitten und ihnen nach getaner Arbeit einen Scheck auszuhändigen. Den Hund würde sie zuvor auf eines ihrer abgelegensten Landgüter geben, in die Extremadura zum Beispiel, wo sie noch nie gewesen war. Sollte irgendwer vom Personal angesichts der Verwüstung auch nur eine Braue heben, er würde auf der Stelle entlassen. Sie würde nicht den geringsten Einwand dulden. Und schon gar keine Fragen. Nicht einmal von Casilda. Um Casilda würde sie sich schon kümmern, die nicht wagen würde, sich einzumischen, wenn sie spürte, wie hart und unnachgiebig sie sein konnte. Für den Augenblick galt nur, sich auf ihre Fingernägel zu konzentrieren, um nicht an das nach Wildtiergehege stinkende Zimmer und an Archibaldos Instinktlosigkeiten denken zu müssen, sondern in ihrer Vorstellung allein das friedvolle Gleichgewicht zweier bleicher Gestirne zu erhalten, die sie anschauten.

Doch Luna schaute sie nicht an. Unruhig zwar, doch keineswegs ungestüm, kratzte er an den Fensterscheiben. Sollte er kratzen! Was bedeuteten inmitten dieses Chaos schon ein paar Kratzer am Fensterkreuz, wo ein Großteil der Seidentapete in Fetzen von den Wänden hing? Außerdem hatte sie absolut alles unter Kontrolle. Hortensia würde nicht eher heraufkommen, bis sie sie rief, so hatten sie es am Abend vereinbart. Niemand war befugt, das obere Stockwerk zu betreten. Sie selbst war durch die Befehle, die sie erteilte, ihr bester Schutz. Was hatte der Hund nur im Sinn, daß er so hartnäckig dort kratzte, so voller Nachdruck und Berechnung? Es war schon spät, vielleicht schon nach Mittag. Oder gar schon Nachmittag? Sie sah unter der sonnenbeschienenen Bettdecke, unter der sie sich verkrochen hatte, auf ihre Patek Philippe. Da sie vergessen hatte, sie aufzuziehen, zeigte sie vier Uhr. Vier Uhr morgens? Oder vier Uhr nachmittags? Vielleicht hatte sie sie in einem unbewußten Moment, hypnotisiert von Lunas Augen, doch aufgezogen. Bei diesen teuren Uhren mit ihrem aristokratisch dezenten Ticken wußte man nie, ob sie liefen oder nicht.

Im nächsten Augenblick bemerkte sie, daß es Luna gelungen war, das Fenster zu öffnen, und sich der Tag ins Zimmer ergoß. Der Hund hatte sich auf die Hinterbeine gestellt und sah in den Garten hinaus, als erwarte er jemanden oder wolle hinaus. Ob der Gärtner oder der Portier, jemand vom Personal eben, ihn von draußen sehen konnten? Ob das Sonnenlicht sich in den runden Mondaugen spiegelte? Und wenn schon... Sollten sie ihn sehen, nur sollten sie keine Fragen stellen und keine Erklärungen erwarten. Es sei denn, sie entschlösse sich zu einer Lüge und erzählte ihnen, sie habe diesen herrlichen Weimaraner, der ab jetzt ein weiterer Bewohner ihres Hauses sei, gekauft. Zu einem solchen Zugeständnis war sie jedoch nicht bereit. Was sollte sie erklären, mit diesen immer noch schmerzenden Schultern, die der Hund ihr mit seinen Pranken aufs Bett gedrückt hatte. Er hatte sie nicht vergewaltigt, aber darum war es auch gar nicht gegangen.

Blanca sprang aus dem Bett. Sie rannte ins Bad, ohne einen Blick auf Luna oder ihr besudeltes Schlafzimmer zu werfen. In der reinen Frische des Badezimmers und des angrenzenden Ankleideraums konnte sie ihre Gedanken auf eine Welt konzentrieren, in der die rätselhaften Augen des Hundes nicht existierten. Zwei, drei Stunden schloß Blanca Loria sich dort ein, machte sich wie besessen mit größter Sorgfalt über ihre Fingernägel her und nahm ein ausgedehntes, mit Clark-Salzen angereichertes Bad. Danach rieb sie sich mit einer blütenduftenden Körpermilch ein. Schließlich wählte sie den schicksten Fetzen geblümten Musselins – *chiffon* nannte man das –, den sie in ihrer Garderobe fand und dessen Saum zigeunerhaft wehte, als sie sich angekleidet hatte und ein paar Schritte darin ging.

Als sie fertig war, trat sie hinaus.

Luna, überwältigt von ihrer Schönheit, gab keinen Laut, setzte sich nur auf die Hinterpfoten und sah sie bewundernd an. Es war spät. Die Patek Philippe war nicht stehengeblieben. Das offene Fenster war dunkel. Ja, dies war die Stunde, da die Nachtfalter flogen.

Hortensia und dem Portier beschied sie, in dieser Nacht nicht auf sie zu warten, da sie erst spät heimkomme. Aber, warnte sie die beiden, daß niemand sich unterstehe, während ihrer Abwesenheit ihr Schlafzimmer zu betreten. Die Kammerzofe – ihr war anzusehen, daß sie nicht geschlafen hatte, entweder vor Beunruhigung oder weil sie die Nacht mit Mario durchgebracht hatte – antwortete, ja, Frau Marquise, nein, Frau Marquise, traute sich jedoch nicht zu fragen, warum niemand das Zimmer betreten durfte und was das für merkwürdige Geräusche waren, die sie unweigerlich vernommen haben mußte. Alles war so, wie es zu sein hatte.

Blanca befahl dem Chauffeur, sie zum Haus des Grafen Almanza zu fahren. Die kurze Fahrt durch Madrid bis zur Calle Ruiz de Alarcón reichte ihr, um alles zu vergessen, ihre Erinnerung zu reinigen und sich wie ein neuer Mensch zu fühlen, und sie beschloß, diese Nacht im *Ritz* zu schlafen. Morgen würde sie die Mamertos anrufen und sie beauftragen, das Palais zu verkaufen, damit sie es nie wiedersehen mußte, und auch ihre Kleider nicht – sie würde alles neu kaufen. Und das Personal ebensowenig, dem sie auf diese Weise nichts zu erklären hatte.

Almanza empfing sie in einer Kosakenbluse aus flaschengrünem Atlas. Kaum war sie eingetreten, begann er sie in der gleichen leidenschaftlichen Manier zu küssen wie beim erstenmal, was ihr keineswegs lächerlich erschien. Im Gegenteil, Almanza besaß offenbar etwas, das Archibaldo fehlte: Da der Graf weder bei seinen Küssen noch bei seinen Zärtlichkeiten wahrhafte Lust empfand, war die Liebe, die er ihr demonstrierte, eine ausschließlich für sie bestimmte Vorführung, in der er selbst nur ein Ausführender war und so das ganze Spektrum der Lust ihr überließ, damit sie es ausfülle.

Diesmal hatte Almanza den obligaten eisgekühlten Champagner bereitgestellt und entkorkte ihn mit der gleichen makellosen Perfektion, mit der er auch bei anderen Dingen vorging und die auf irgendeine anödende Weise, die Blanca noch nicht genau zu bestimmen vermochte, sein ganzes, vollendetes Tun kennzeichnete.

Almanza nahm die Gitarre vom Sofa, um sich zu Blanca zu setzen und zuzuschauen, wie ihre sündigroten Scharlachlippen am erlesenen *baccarat* nippten, während sie miteinander plauderten. Ja, ein großer Dichter, Darío! Er selbst sei in Huelva geboren, berichtete er, als Sproß eines uralten Landjunkergeschlechts. Nicht, daß er sich anmaßen wolle, Vergleiche mit dem göttlichen Rubén ihrer nicaraguanischen Heimat anzustellen, aber im atlantischen Andalusien – und dabei rückte er die Gitarre zurecht – sei die Poesie der Fandangos, die überall durch die Gassen wehe, manchmal nicht weniger ergreifend und nicht weniger tief empfunden als die ihres Landsmannes. Blanca drängte ihn, ihr etwas vorzuspielen und zu singen. Er bat um Nachsicht, während er ein paar Akkorde zupfte, seine Singstimme sei recht schwach. Dennoch setzte er an, recht anmutig sogar:

Schmetterling, flatternde Maid,
zieht es zum Licht der Laterne.
Wer nichts weiß von der Liebe,
bleibe der Flamme ferne,
erspare sich großes Leid ...

Blanca war hingerissen und klatschte in die Hände. Sie trank ihr Glas mit einem Zug leer und bat um mehr und mehr, während sie sich von ihm Arme und Nacken küssen ließ. Dann forderte sie ihn auf – um ihn sich vom Hals zu halten –, noch einen weiteren Fandango zu spielen. Er war einverstanden. Wollte sie einen etwas schlüpfrigen hören? Einen schlüpfrigen ...? Ja, einen schlüpfrigen, aber einen sehr, sehr schlüpfrigen ... Warum nicht? Und da ihr Wunsch ihm Befehl war, begann der Graf:

Am Brunnen unter dem Baume
hielt ich mit der Liebsten Rast,
und als sie schlummerte fast,
da küßte ich ihre ...

«Oh!» rief Blanca in gespieltem Entsetzen. «Dabei wird mir ja ...!»

Und Graf Almanza, ganz Kavalier, schloß:

... denn Süßeres findest du nimmer.

«Almanza, welche Überraschung, nicht nur ein Edelmann und großer Lebemann, sondern auch ein großer Künstler!» rief Blanca entzückt.

«Und großer ...?»

«Liebhaber ...?»

«Sprich es aus ... sprich es aus, meine Liebe ... es aus deinem Mund zu hören, bringt mein Blut in Wallung!»

Er ließ es jedoch nicht dazu kommen, denn wieder bedeckte er sie mit Küssen. Währenddessen fuhr sie mit einem frisch manikürten Fingernagel über seine Kosakenbluse und kitzelte eine seiner Brustwarzen, doch Almanza erschauerte nicht, wie Archibaldo es getan hätte. Sie trank noch mehr Champagner, und dann – warum nicht? – bestätigte sie ihm: «Ja, ein großer Liebhaber...»

Almanza, in aller Bescheidenheit, entgegnete: «Auch das eine alte Tradition meiner Heimat...»

Sie aufs neue küssend, versprach er, sie aller nur denkbaren Emotionen teilhaftig werden zu lassen, falls sie die Stärke aufbringe, ihnen standzuhalten und nicht zu erröten, sich über nichts zu wundern und nichts anstößig zu finden, mit einem Wort, sich als wirklich kultivierte Dame zu erweisen.

Sie erklärte sich zu allem bereit. Unter Zärtlichkeiten und Liebkosungen, die Blanca ein wenig ermüdeten, ging der Champagner zur Neige. Schließlich erhob sich Almanza und sagte, er begebe sich nun ins Schlafzimmer. Sie möge sich entkleiden und ihm in zehn Minuten folgen.

«Oh, wie peinlich!» rief Blanca.

«Es wird dunkel sein.»

«Nun gut.»

«Du wirst alles finden, was dein Herz sich nur wünschen kann.»

Als sie dann in das dunkle Schlafzimmer trat, glaubte sie – hoffte sie – eine Sekunde lang, Lunas glänzende Augen zu sehen, die sie ans Ziel ihrer Wünsche geleiten würden. Aber nein. Almanzas Stimme, die sie leise zu sich rief, war ihr einziger Führer. Sie wußte, wo das Bett stand, und bewegte sich darauf zu. Die Hände des Grafen berührten sie, zogen sie an die Seite seines muskulösen, ebenfalls nackten Körpers und umarmten sie. Doch all des klassischen Champagners zum Trotz reagierte Blancas Körper diesmal nicht; er blieb eiskalt – obwohl sie, dem elementarsten Gebot der Höflichkeit folgend, anderes vorgab – und interesselos, selbst als sie an Archibaldo dachte, oder vielmehr sich fragte, ob es ihr wohl genauso gehen würde, wenn er und nicht Almanza es wäre, der sie zu erregen suchte. Etwas in ihr schien für immer verkümmert zu sein oder sich an einem anderen Ort zu befinden, vielleicht auf einem weit entfernten, kalten Stern. Almanza, der viel zu erfahren war, um nicht zu bemerken, daß Blanca nicht reagierte, flüsterte ihr süße Obszönitäten ins Ohr und unmöglich wiederzugebende Passagen seiner heimatlichen Fandangos. All das drang jedoch nur wie fremd an ihr Ohr, als richte er sich an ein Publikum, dem sie nicht angehörte. Schließlich wurde es ihr zuviel, und ehe sie zuließ, daß Almanza sich in ihr verlor, fragte Blanca ihn: «Ist das das erregende Abenteuer, das Sie versprochen haben?»

«Nein», antwortete Almanza. «Dieses...»

Und indem er sie über sich hob und an seine andere Seite legte, nahm er den Platz ein, an dem sie gelegen hatte. Blanca bemerkte plötzlich, daß noch eine weitere Person, nackt und still, an ihrer Seite im Bett lag. Als sei ein unterbrochener Energiefluß in ihr freigesetzt worden, erglühte ihr ganzer Körper in neuerwachter Sinnlichkeit. Das also war die Überraschung...? Nun... es kam natürlich darauf an, wer diese andere Person war.

Und sie gab sich schon bald zu erkennen... Im ersten Moment gewann Blanca nur den Eindruck eines anschmiegsamen, vielleicht etwas fülligen Körpers, der sie umarmte und dann heiß und auf ungewöhnliche Weise küßte. Eine Frau! Sie erschrak, fühlte jedoch in derselben Sekunde, daß dieser Schreck sich in Erregung verwandelte und es ihr nicht schwerfiel, sich den Zärtlichkeiten dieser überaus sanften Finger hinzugeben – die soviel weiser waren, als die eines Mannes je sein konnten – und den Spielen mit ihren vor Lust schmerzhaft prallen Brustwarzen, während ihr Almanza von hinten das verschaffte, was eine Frau ihr von Natur aus nicht verschaffen konnte. Niemand sprach. Dennoch gelangten sie alle drei in einen Rhythmus aus Reiz und Gegenreiz, der wiederum als Antwort nach neuer Antwort verlangte... Die Zunge der Unbekannten erkundete jeden Millimeter ihres Körpers, bis sie ihren Spalt erreichte und mit untadeliger Meisterschaft jenes Versprechen einlöste, das Blanca in Almanzas Fandango angekündigt worden war. Gut, Blanca übertrieb ein wenig, denn schließlich und endlich war sie ein wohlerzogenes Kind, eine Diplomatentochter, die niemandes Empfindungen verletzen wollte. Die anfängliche Lust war vergangen. Nun ja, ein hübsches Gefühl, dachte sie verdrießlich, denn so etwas unter Frauen konnte für sie nicht den Wert von Liebe erreichen – ob es zwischen Männern ebenso war? –, war für sie nicht einmal das, was manche Gebildeten wissenschaftlich präzise ein «erotisches Erlebnis» nannten. Etwas fehlte, eine gewisse Spannung, zumindest für sie,

sie wollte schließlich nicht verallgemeinern: Es war wie eine blasse Fortsetzung jener verbotenen Spiele ihrer Kindheit mit den Cousinen, wenn sie in einem Bett schlafen mußten, weil für die neu Hinzugekommenen sonst kein Platz mehr war in der von Gästen und Familienangehörigen bereits überfüllten Hacienda. Die Eltern pflegten die Kinder, wenn sie sie dabei überraschten, mit der höchst erträglichen Strafe von zwei Tagen ohne Kokoscreme zu bestrafen. Wirklich ernst, das wirkliche Wahre, war das andere. Almanza knipste plötzlich die Nachttischlampe an.

«Schau...» flüsterte er.

Noch bevor das Wort seine Lippen verlassen hatte, im ersten Sekundenbruchteil des Lichts, noch bevor sie eine schützende Hand auf ihre Brüste legen konnte, erkannte Blanca das frivole Lächeln von Tere Castillo. Ohne zu überlegen, sprang sie über Almanza, der sie mit Gewalt zurückzuhalten suchte, hinweg aus dem Bett, ungeachtet auch der süßesten Lockrufe, deren Teres dunkle Männerstimme fähig war, und des Flehens Almanzas, der begonnen hatte, an Teres Brüsten zu knabbern, um sie durch den Anblick zu provozieren.

«Komm», rief Tere, «sei doch nicht dumm, Liebes. Casilda wird nichts davon erfahren, und wir drei können uns wunderbar vergnügen...»

Blanca, die bereits entschlossen gewesen war, keine Sekunde länger zu bleiben, überdachte ihre Entscheidung, da ihr klar wurde, daß sie hier noch vieles zu lernen vermochte, wenn auch nicht gerade das, was Almanza und Tere ihr beizubringen gedachten. Letztere drang immer noch mit einem haltlosen Wortschwall auf sie ein, unterbrochen ab und zu von einem lustvollen Stöhnen auf Grund der erregenden Dinge, die ihr Cousin mit ihr anstellte: «...und vergiß Archibaldo, Schätzchen; von der Liebe, wie wir sie dir zeigen, hat der keine Ahnung... er glaubt ans Heiraten und Kinderkriegen... ein ungeschliffener Tölpel und ein mieser Maler, der seinen Ruhm allein der Tatsache verdankt, daß er die feinen Damen der Gesellschaft schlanker malt, als sie sind, ihre Perlen und Brillanten dafür aber um so dicker; das mögen sie natürlich... aber du, mein Liebes... nein, du hast etwas Besseres verdient... komm her... geh nicht...»

«Ich bin ein wenig erkältet, und es ist auch schon spät... Außerdem, wenn Casilda davon erfährt, wird sie zornig werden, das macht mir angst...»

Almanza lachte: «Casilda? Aber ich bitte dich, Casilda ist so ohne jede Gefühle, daß du dich erkältest, wenn du nur neben ihr sitzt...»

Woraufhin Tere ergänzte: «Sieh mal, Schätzchen, damit du Bescheid weißt: Casilda und...»

«Halt den Mund, du dummes Huhn», fiel Almanza ihr ins Wort. «Willst du alles verderben?»

Fast hysterisch schob Tere den Grafen beiseite, schwang sich zum Rand des Betts und sagte: «Laß mich, ich will, daß sie ein für allemal weiß, woran sie ist. Siehst du nicht, daß sie in Archibaldo verliebt ist? Wenn sie auf seinen Wahn von Familie und Kindern hereinfällt, wird sie uns verlorengehen...»

Blanca ließ zu, daß Tere ihre Schenkel liebkoste und sie weich wie Samt nannte, ein Kompliment, das ihr schon unter weit aufregenderen Umständen gemacht worden war, während Almanza sich auf die Suche nach neuem Champagner begab, damit sie sich stärken konnte. Blanca stellte überrascht fest, daß alles, was Tere über Archibaldo gesagt hatte, und was eigentlich das war, was sie wirklich interessierte, ihr nicht im geringsten naheging, sie weder positiv noch negativ berührte, und daß das, was diese beiden ihr zu geben vermochten – außer, daß sie sie belustigten –, schlicht und einfach wirklich nicht zählte. Almanza füllte die Gläser. Sie tranken. Mit einem zweiten, bereits halbleeren Glas in der Hand und unter Zärtlichkeiten, die Blanca äußerst passiv über sich ergehen ließ, kramte Tere unter dem beachtlichen Berg ihrer Kleider ein Korsett hervor.

«Hilf mir mal, es ihm anzuziehen.»

«Ihm?»

«Almanza, ja.»

Bei der Vorstellung, Almanza nackt in Teres Korsett eingeschnürt zu sehen, bekam Blanca einen Lachanfall. Sie verschluckte sich, daß ihr der Champagner aus der Nase rann, und während sie hustend nach Luft rang, klopften ihr Tere und Almanza auf den Rücken, um ihr wieder zu geregelter Atmung zu verhelfen. Teres Vorschlag brachte die Kraft des Edelmannes zu neuem Erblühen.

«Du im Korsett, das wird ein Erlebnis!» lachte Blanca und klatschte in die Hände.

Die beiden nackten Frauen hielten das Fischbeinmieder auf, und Almanza schlüpfte hinein. Sie zogen es ihm in die Taille, so daß nur seine behaarten Brustwarzen hervorlugten und sein Hintern und seine ebenfalls behaarten Schamteile, die anschwollen, je mehr die beiden Frauen an den Schnüren zerrten, um das Mieder festzuzurren.

«Er hat eine Wespentaille wie eine richtige Marquise», lachte Tere.

«Eine Marquise mit Schnurrbart», fügte Blanca hinzu, die so heftig an den Schnüren zog, daß der Graf das, was er in der Mitte an Körperumfang verlor, oben und besonders unten dazugewann. Mit seinen beiden Freundinnen im Arm stolzierte er wie ein Pfau umher und rezitierte:

Auf der Terrasse, unter der Weide,
verführerisch die Harfe klang,
und liebkosend unter seidenem Kleide
auf prallem Stiel eine weiße Lilie schwang.

Und Gräfin Eulalia lachend und bangend
zwei Rivalen zur gleichen Zeit sich ergab:
dem jungen Abt mit hochroten Wangen
und dem blonden Vicomte mit dem Zauberstab ...

Die schnurrbärtige Gräfin Eulalia mit der Wespentaille schüttete sich unter den magisch perlenden Klängen des Grammophonorchesters schier aus vor Lachen, während sie zuerst den blonden Vicomte küßte und mit *ihrem* Zauberstab dessen pralle Lilie streichelte und dann den jungen Abt mit den hochroten Wangen, das war Blanca, die ebenfalls lachte, wenn auch ein wenig irritiert vom Schluchzen des Violoncellos und obwohl der blonde Geist des Champagners bereits die Sterne ihrer feuchten Pupillen umwallte. Ja, es reichte ihr jetzt. Sie machte diese Kinderspiele nicht mehr mit. Für wen hielt Almanza sich denn? Eulalia und der blonde Vicomte, mal in steppenden *staccati*, mal einander jagend wie überdrehte Internatsschülerinnen, Blanca stellte sich den beiden entgegen und sagte brüsk: «Ich habe eine dringende Verabredung.»

Almanza machte daraufhin ein so betrübtes Gesicht, daß sogar die Spitzen seines aufgezwirbelten Schnurrbarts herabsanken. Tere hingegen, die in Blancas Brustwarzen zu beißen versuchte, richtete sich wütend auf und schrie: «Klar, mit diesem Strolch, mit diesem Archie...!»

«Zumindest ist er ein junger Strolch, der für das, was er tut, kein Korsett braucht.»

Jetzt ist es heraus, dachte Blanca. Damit ist alles gesagt. Schluß. Aus. Almanza hüstelte und streichelte den nackten Rücken der jungen Marquise, die auf der Schwelle zwischen Schlafzimmer und Salon stehengeblieben war.

«Offengestanden, meine liebe Blanca», sagte er mit leichtem Vorwurf in der Stimme, «glaube ich nicht, daß du dich über meine *performance* beklagen kannst...»

«Natürlich nicht. Ich beklage nur, daß es eine *performance* ist und daß... nein, nicht weinen, Tere... nicht weinen, Almanza, ihr seid bezaubernd, und ich mag euch beide sehr, aber...»

Sie flehten sie an, nicht zu gehen, sondern zu bleiben, versprachen ihr alle nur denkbaren Freuden und Emotionen, wollten mit ihr nach Tanger, an den Bosporus, zu den Lichtern New Yorks oder einfach nach Paris, aber es zerriß ihnen das Herz, mitanzusehen, wie die Jahre dahingingen und erst der Marquis, dann Paquito und nun sie auf einem Vermögen saßen, das niemandem zugute kam und womöglich noch einem Gauner wie diesem Archie in die Hände fiel. Sie flehten und bedrängten sie, während Blanca, unnahbar, ihr herrliches *chiffon* anlegte. Als sie die Haustür hinter sich schloß und auf die Straße trat, verspürte sie Mitleid mit den beiden, vor allem aber war sie tödlich gelangweilt.

Kaum hatte sie hingegen die Tür ihres dunklen Schlafzimmers geöffnet, da tat ihr Herz einen solchen Sprung in ihrer Brust, daß es ihr beinahe den Atem verschlug: Da standen die beiden Augen in der dunklen, heißen, aromageschwängerten Endlosigkeit des

Raums erneut wie zwei Monde. Sie spürte, wie sie ein Horizont durchdringender, primitiver, essentieller Gerüche umfing. Sie machte kein Licht. Die Augen kamen in der Dunkelheit langsam auf sie zu, bis sie das Innere ihrer leeren Pupillen sehen konnte, die andere Seite dieser gläsernen Höhlen, deren irisierender Glanz in Lunas Maul die Geifertropfen blitzen ließ. Luna knurrte, und mit einem noch lauteren Knurren sprang er sie unvermittelt an, warf sie inmitten der Scherben von Flaschen und Flacons zu Boden, versetzte ihr mit seinen Pranken Hiebe, riß ihr mit glühendem Maul ein weiteres Mal die Kleider vom Leib, und seine Zähne gruben sich in ihre Arme, als wolle er ihr samtenes Fleisch, ihre makellosen Brüste und bebenden Schenkel heißhungrig verschlingen. Aus seinem brodelnden Rachen drang dumpfes Grollen.

Warum hatte Archibaldo ihr keine Erklärung für Lunas Verschwinden gegeben? Warum fand *sie* keine Erklärung für die Anwesenheit des Hundes in ihrem Haus? Warum konnte Luna sich nicht erklären, sein Geheimnis nicht enträtseln, um sie beide miteinander zu vereinen? Da standen diese zwei blanken Augen wie zwei leere Kontinente über ihr, zwei unbeschriebene Blätter, zwei Pfade, die noch nie eines Menschen Fuß betreten, zwei graugoldene Abgründe, die nichts besagten, die nur vorhanden waren, in denen Blancas Sinne sich verlieren, zerfließen oder etwas entdecken konnten, das ihr auf dieser Seite des Zwiegestirns verborgen blieb.

Als der Hund merkte, daß sie sich in den ersten Spasmen dieser Nacht verzehrte, ließ er von ihr ab. Nackt dem Unbekannten gegenüber, floh Blanca in die Sicherheit ihres Badezimmers, wo sie sich einschloß. Sie machte Licht. Luna kratzte knurrend an der Tür, befand sich im Chaos, im Unbekannten, in dem er König war. Mit letzter Kraft polsterte Blanca die Badewanne mit weichen Handtüchtern aus, löschte das Licht, legte sich hinein und schlief sofort ein.

Am nächsten Morgen erwachte sie von Lunas wahnsinnigem Gerenne im Nebenzimmer, vom Erdbeben der herabstürzenden Fenstervorhänge und -schienen, seinem grausigen Geheul und seinen nimmermüden Krallen, die mit solch wütender Kraft die Tür malträtierten, daß sie nachzugeben drohte. Als sie nackt und unter Schmerzen ihre Ankleidekammer betrat und sich in den hohen Spiegeln sah, wurde ihr klar, daß sie in diesem Zustand nicht zu Archibaldo gehen konnte, wie sie es sich vorgenommen hatte, damit er ihr helfe, dem Fluch zu entkommen – von dem sie sich so nicht befreien konnte –, indem sie ihm den Hund zurückgab. Ihr weißer Leib war mit Prellungen und blauen Flecken übersät, voller Kratzspuren und deutlicher Abdrücke von Lunas Zähnen, eine heilige Tragödie, furchteinflößend, Abgründigkeit entblößend; sie glich einer schreckenerregenden Märtyrerin voller Blutmale, die vor allem es zu verbergen galt.

Archibaldo konnte sie nicht um Hilfe bitten, auch wenn er der einzige war, der ihr helfen konnte, denn er würde sie entkleiden wollen, und dann... Sie mußte warten. Aber wie lange? Mit diesem Monstrum im Nebenzimmer, das das Universum verwüstete, dieser entfesselten Urkraft der einzigen immer wiederholten und unerforschlichen Frage zweier sinnentleerter Augen? Wie lange würde sie warten müssen, um die Dinge mit diesem... Strolch klären zu können? Strolch? Alles, aber kein Strolch – sie könnte Schimpfnamen ersinnen, doch sie würden weit schlimmer sein.

Im Schlafzimmer war es still geworden. Ohne Außenfenster im Bade- und Ankleideraum, die Patek Philippe zuschanden, hatte sie keine Vorstellung, welche Tages- oder Nachtzeit es sein mochte. Der Hund winselte plötzlich nicht einmal mehr. Warum? Würde er doch bellen, alles war ihr lieber als diese Stille, ebenso entsetzlich wie die Augen von der Farbe einer ertrunkenen Sonne. Blanca preßte ihr Ohr an die Tür. Als sie auf der anderen Seite nichts hörte und auch den Gedanken verwarf, er könne durchs offene Fenster in den Garten gesprungen und entlaufen sein, öffnete sie die Tür; der Hund stand auf den Hinterbeinen am Fenster und spähte hinaus. Mit starrem Blick schien er sich ganz auf etwas da draußen zu konzentrieren.

Da klopfte es an die Tür. Es war Hortensia.

«Frau Marquise... Frau Marquise... Unten wartet ein... etwas merkwürdiger Herr auf sie... Er sagt, sein Name sei Archibaldo Arenas. Er besteht darauf, mit ihnen zu sprechen, es sei dringend.»

Er war also gekommen? Warum? Um sie um ihre Hand zu bitten und viele Kinder mit ihr zu haben? Um die Liste seiner Liebschaften mit der buhlerischen Tere Castillo an der Spitze zu rechtfertigen? Um ihr den Hund wegzunehmen? Nicht einmal den konnte er ihr lassen, dieser Schuft, der zu keinem Geschenk fähig war... Wollte er sie des Fiebers dieser bleichen, unerschütterlichen Augen berauben, mit denen er sie erst gefangen und später hintergangen hatte, indem er ihr zwei einfache, wenn auch wundervoll lebendige schwarze Augen anbot? War er nicht ein Scharlatan, der Glückseligkeit versprach und sein Versprechen hinterher schuldig blieb? Und jetzt war er gekommen, um ihr Luna fortzunehmen, nach dem er anderntags nicht einmal gefragt hatte? Was wußte er überhaupt von diesem schrecklichen, herrlichen Hund, in dessen Augen sie sich verlieren konnte wie weder in denen des Malers noch in sonstwelchen? Oh, nein, so einfach war das nicht. Wenn er sie sprechen wollte, mußte er sich in Geduld üben. Sollte er unten warten, bis sie soweit war. Sie würde ihm schon früh genug ihre Meinung sagen. Während sie zurück ins Badezimmer ging und sich dort einschloß, blieb der Hund in verzückter Unbeweglichkeit am Fenster stehen und schaute still hinaus. Sie nahm sich vor, die Existenz dieses Hundes überhaupt zu leugnen, wer immer sie auch darauf ansprechen mochte, und jeden für verrückt zu erklären, der ihr von Gebell oder Wasserspeiern an ihrem Fenster sprach.

Im Bad schnitt sie mit einer Schere und einem Rasiermesser grausam entschlossen ihr Haar ab, bis sie wie ein Gassenjunge aussah. Trotz der offensichtlichen Mängel des Schnitts mußte sie zugeben, daß er so aussah wie etwas, das Tere Castillo als «echte Sensation, aber wirklich...» bezeichnen würde. Ihr ganzer wunderschöner Körper war eine einzige blutunterlaufene Prellung. Sie zog ein hochgeschlossenes Kleid an, das dunkelste und trauervollste, das sie fand. Dann bestäubte sie ihr Gesicht mit Reispuder, was sie blasser machte. Einen Moment lang war sie versucht, die vergoldete Baby-Browning mit dem Perlmuttgriff einzustecken, die viele Damen der Gesellschaft heutzutage als unerläßliches Accessoire mit sich führten. Oder ein Fläschchen Vitriol, das sein hübsches Gesicht verunstalten würde, das alles versprach und nichts hielt? Und jetzt war er gekommen, um ihr auch noch das Letzte zu nehmen...

Doch nein. Die Wahrheit war, daß sie ihn nicht liebte. Wäre es anders, hätte sie eine dieser beiden Waffen eingesteckt. Doch sie liebte ihn nicht, weil ihr Inneres ein Kontinent ohne Leben war.

Blanca schritt die Marmorstufen hinunter, begleitet von unverständlichen Stoßseufzern der armen Hortensia und unter den aufmerksamen Blicken der Reiher in den Bogenfenstern. Ihr geschlossenes Kleid und dicke schwarze Strümpfe verbargen die Wunden ihres Körpers und ihrer Seele, die sie keinesfalls zur Schau stellen würde. Das einzige, was sie der Welt, die die Dinge noch weniger verstand als sie selbst, in ihrer Blässe vorzuführen gedachte, war das Bild einer jungen, trauernden, doch vollkommen beherrschten Witwe – keiner lustigen Lehár-Witwe, sondern einer, wie sie den Mamertos dieser Welt in Alarcón de los Arcos wohlgefällig wäre.

Archibaldo erwartete sie, den Schlapphut in der Hand, einen Fuß auf die unterste Treppenstufe gestellt. Ein Gefühl des Überdrusses durchflutete sie beim Anblick seiner flehenden schwarzen Augen, denen die Essenz fehlte – die vielleicht nichts anderes war als der Reflex eines bestimmten Abendlichts an einem bestimmten Ort in einem bestimmten Augenblick ihres Lebens –, und diesen Überdruß empfand sie als ebenso herzzerreißend endgültig wie den der vergangenen Nacht beim Abschied von ihrem guten Freund, dem Grafen Almanza. Sie hielt einige Stufen vor Archibaldo inne, so daß dieser zu ihr aufschauen mußte.

«Blanca...» flüsterte er.

«Sie wünschten mich zu sprechen?»

«Blanca, bitte...»

«Ich vermute, es handelt sich um eine Vorauszahlung für das Porträt meines verstorbenen Mannes, des Marquis de Loria, den der Herr in seiner großen Güte zu sich nahm.»

Dieser da war nicht einmal ein Diener auf ihrer Lohnliste, so daß er ihr auch zu nichts wirklich dienlich sein konnte wie etwa die lange Reihe der Mamertos. Sollte er verschwinden. Sie besaß keinen Hund. Es gab gar keinen Hund. Seine Existenz galt es zu leugnen, bevor Fragen gestellt werden konnten, galt es auszulöschen, bevor er ihr mit Forderungen kam, denn ohne Lunas bleiche, leere Augen konnte sie nicht mehr sein. Sie wollte nichts anderes, als diesen Maler so schnell wie möglich aus dem Haus haben. Warum war sie gestern abend nicht ins *Ritz* gegangen, wie sie es beabsichtigt hatte? Dann hätte sie sich diesen Auftritt erspart. Nein. Luna konnte nicht allein bleiben. Er brauchte sie ebenso, wie sie ihn brauchte, denn beide waren sie der Reflex des vom anderen reflektierten Lichts. Und eines war sicher: diesen Mann mit der besitzergreifenden Körperhaltung, der nicht einmal Lunas wahnsinniges Gebell aus ihrem verpesteten, zertrümmerten Schlafzimmer vernahm, brauchte sie nicht. Sie würde ihm den Hund niemals ausliefern, selbst wenn er es forderte.

Archibaldo starrte sie ungläubig an, unfähig, ein Wort hervorzubringen angesichts ihrer vollkommen unerwarteten Haltung. Ja. Ihre Augen glichen wie am ersten Tag einfachem, hartglänzendem Teer – bargen ein Rätsel, sprühten. Vor Ärger? Gut, dann war sie eben verärgert. Blanca trat herausfordernd eine Stufe tiefer, wortlos, seinem Blick standhaltend, als habe etwas in ihr die Hoffnung noch nicht aufgegeben, diesen Blick ein letztes Mal, und sei es nur für einen Augenblick, graugelbgrün leuchten zu sehen. Auch er sprach kein Wort, aber nicht, weil er wie Blanca nicht wollte, sondern weil es ihm aus irgendeinem absurden Grund, den herauszufinden sie sich auf keinen Fall die Mühe machen würde, unmöglich war – er war der Sklave seiner eigenen Kleinheit. Damit er nicht glaubte, sie zum Verstummen gebracht zu haben, sagte Blanca:

«Warum belästigen Sie mich mit solchen Geringfügigkeiten und wenden sich nicht direkt an Don Mamerto Sosa, dessen Kanzlei meine Güter verwaltet, meine Angelegenheiten regelt und auch befugt ist, Auszahlungen vorzunehmen?»

Archibaldo sah ihr eine Sekunde fest in die Augen, setzte dann seinen Hut auf und murmelte: «Vielen Dank, genau das werde ich tun.»

Dann lief er aus dem Palais, als müsse er explodieren und wolle es draußen tun, um Blancas Haus nicht zu zerstören. Mechanisch wandte sie sich um, als sie die Tür zuschlagen hörte. Mit ihren zartgliedrigen Fingern über das Geländer fahrend, stieg sie langsam wieder die Treppe hinauf. Im Grunde war der Maler ja ein ganz einnehmender Junge und so wohlerzogen – sah man von seinem Türenknallen einmal ab, das ihr ganz und gar nicht gefallen hatte – und zurückhaltend, daß er nicht einmal auf den Gedanken gekommen war, den Hund, der schließlich sein Eigentum war, zurückzufordern, obwohl er sein Gebell gehört haben mußte, das ihr fast das Trommelfell zu zerreißen schien. Auf den letzten Stufen nach oben fiel ihr dann ein, was das eigentliche Bestreben dieses Mannes war, dem sie soeben den Laufpaß gegeben hatte.

«Unglaublich!» sagte sie zu sich, als sie die Tür ihres Schlafzimmers öffnete, das einst so herrlich gewesen und jetzt diese stinkende Kloake war, in der sie sich so geborgen fühlte.

KAPITEL ACHT

Noch immer geht in Madrid das Gerücht – bis heute unwiderlegt und immer nur im Flüsterton verbreitet, an das zu glauben niemand zugibt und das zeitweise sogar in Vergessenheit gerät, bis es durch einen neuen Fall wieder auflebt –, daß im Retiro Liebespaare, die sich des Nachts dort in ihrem Auto dem Liebesspiel hingeben, eine grauenvolle Erscheinung haben: Im Augenblick des Höhepunkts taucht plötzlich der gewaltige Kopf eines großen grauen Hundes mit leuchtenden graugoldenen Augen am Wagenfenster auf, die Zunge geifernd heraushängend, wie wahnsinnig bellend, bis die entsetzten Liebenden sich voneinander gelöst haben und in rasender Fahrt diesem Schreckensbild zu entfliehen suchen, das in ihren süßen Plänen nicht vorgesehen war – sie in Tränen aufgelöst oder Opfer eines hysterischen Anfalls, er das Gaspedal bis zum Bodenblech durchtretend, das Gebell des Hundes im Ohr, das sie verfolgt und schließlich mit zunehmender Geschwindigkeit des Autos zurückbleibt und sich im näher kommenden Lärm der Großstadt verliert. Es gibt nur wenige Paare, deren Liebe diese Prüfung besteht. Niemand hat den Hund je ausfindig gemacht, weder die Polizei, die sich nur sehr halbherzig darum bemüht, da sie, so wie die Dinge heute stehen, weiß Gott ernstere Sorgen hat, noch die Parkwächter, die sich wohl immer mal wieder vornehmen, herauszufinden, was da Wahres sein mag an diesen unheimlichen Gerüchten, die sich Jahr um Jahr hartnäckig halten, letzten Endes aber doch sehr nach hysterischen Wahnvorstellungen klingen, obschon man zugeben muß, daß sie eigentlich kein reines Hirngespinst sein können, da sie stets in allen Einzelheiten übereinstimmen.

Nachdem der Maler gegangen war, konnte Blanca in ihrem Zimmer verweilen, da Luna, die Vorderbeine auf dem Fensterbrett, selbstvergessen nach draußen bellte. Sie setzte sich auf den Rand ihres besudelten Betts mit der völlig zerfetzten Matratze und starrte auf das graue Rückenfell des aufgerichteten Tiers, das erbärmlich abgemagert schien, da sie ihm seit Tagen nichts zu fressen gegeben hatte. Luna war hungrig. Darum bellte er. Aber er wich nicht von ihrer Seite. Er hatte sich ihres Zimmers bemächtigt. Hunger allein war eine zu simple Erklärung für sein seltsames Verhalten. So hielt Blanca den ganzen Nachmittag den Blick ins Nichts gerichtet, und das einzige, was sie wahrnahm, war der Schmerz der Bißmale auf ihren Schenkeln, den Armen und dem Rücken, die sich entzündet hatten und brannten.

Später klopfte Hortensia an die Tür. Als sie die Antwort der Frau Marquise vernahm, fragte sie noch leiser und noch verzagter als gewöhnlich: «Frau Marquise?»

«Ja, Hortensia?»

«Die Frau Marquise, Señora Casilda, ist eingetroffen.»

«Sie soll im kleinen chinesischen Salon auf mich warten. Trage bitte einen kleinen Imbiß auf und serviere Tee. Ich komme gleich herunter. Sag ihr, sie möge auf mich warten.»

«Ja, Frau Marquise.»

Warum ging sie nicht gleich hinunter? Schließlich war sie angemessen gekleidet, und nur darauf kam es an, wichtig war nur das, was man sah. Außerdem war es langweilig, Stunde um Stunde auf der Bettkante zu sitzen, ins Nichts zu starren, dem unablässigen Gebell zuzuhören und darauf zu warten, daß Luna sich umdrehte und ihr einen Blick in die Leere seiner Augen gestattete. Allerdings war sie zufrieden, daß sie die Größe besessen hatte, Archibaldo und das Trugbild, das er verkörperte, abzuweisen und, wie es seine Richtigkeit hatte, mit Luna und dem, was er ihr gab, allein zu bleiben. Die von seinen Zähnen und Krallen hervorgerufenen Wunden schmerzten jetzt so stark, daß sie das Gefühl hatte, ihre einst so straffe, mordlüsterne Haut sterbe langsam ab und beginne sich zu zersetzen. Aber noch würde sie nicht zu Casilda hinuntergehen, denn wichtig war, den Dingen ein Quantum Theatralik zu geben, Auftritte und Abgänge wie ein genau durchdachtes Spiel zu inszenieren, als ob nichts mehr wahr und alles nur berechnet sei, alles künstlich, alles Kulisse. So würden die Dinge weniger schmerzlich und die Tiere nur Teil der Ausstattung sein, wie der Schwan in *Lohengrin*. Außerdem hätte es ziemlich unglaubwürdig gewirkt, wäre sie, kaum von der Ankunft ihrer Schwiegermutter unterrichtet, jubelnd die Treppe hinabgeeilt, um die frisch aus Paris Heimgekehrte zu herzen und zu küssen, wie eine Schwiegertochter von Bauern.

Nach einer wohlberechneten Weile verließ Blanca ihr Schlafzimmer, ließ Luna darin zurück und verschloß die Tür. Sie ging in den kleinen Salon hinunter, in dem Doña Casilda sie erwartete, sich bei ihrem Anblick erhob und mit ausgebreiteten Armen auf sie zukam: «Bin ich froh, wieder zu Hause zu sein! Ich bin völlig erledigt! Nicht von der Reise, sondern von der unsäglichen Predigt heute morgen in der Messe.» Und sie umarmte und küßte ihre Schwiegertochter, die ausrief:

«Casilda! So eine Freude! Und was für ein Kleid! Lanvin?»

«Nein, Callot.»

«Natürlich, Callot, das sieht man gleich...»

Sie plauderten über all die netten Neuigkeiten, die es aus Paris zu berichten gab, über das, was man trug und nicht mehr trug, daß alle Welt, außer den Spanierinnen, den Sommer jetzt in Deauville und nicht in Biarritz verbrachte, daß sie Sacha Guitry gesehen hatte, der mit Yvonne Printemps im *La Tour d'Argent* am Tisch neben ihr gesessen hatte, und die noch viel fabelhafter aussah als auf der Bühne, vor allem aber damenhafter, und in diesem Sommer trug man wieder Weiß, die absolute Modefarbe, alles war weiß, Möbel, Teppiche, Häuser, Autos, Kleider zum Tee, für den Abend, für den Sport selbstverständlich...

Casilda unterbrach sich, nahm einen Schluck Tee und sagte, ohne Blanca anzuschauen und als rede sie weiterhin über Nebensächlichkeiten: «Man hat mir erzählt, du seist ganz in Weiß, mit kurzem Tennisröckchen, in der Nähe der Plaza de Chamberí gesehen worden. Weiß ist die Trauerfarbe der Königinnen von Frankreich, meine Liebe, und nicht die von einfachen spanischen Marquisen wie uns...»

«Man sagt auch, daß es bei den Chinesinnen die Farbe der Trauer sei. Ach, Casilda, ich fühle mich manchmal wie eine Chinesin hier in Madrid, so ohne Paquito.»

Jetzt sah ihre Schwiegermutter sie mit unverhohlenem Argwohn an: «Bist du sicher, keine einigermaßen vergnüglichen Tröstungen oder Zeitvertreibe gefunden zu haben...?»

Casildas stolzer Kopf unter ihrem Hut mit der höchst anmutig wippenden *aigrette*; unbewegliche Schönheit, in Alabaster geschnitten, Schönheit, die Jahrhunderte überdauert, mit geschlossenen Augen in Gräbern hingestreckt, doch ohne die erregende Vergänglichkeit jener Schönheit, die wie Blancas, einer taufrischen Blume gleich, durch ihre Frische und ihren Glanz wirkt, jene bewegende Schönheit, die nur einen kurzen Augenblick des Ruhms hindurch währt, als trete das Wesen, zu dem sie gehört, in einen Lichthof, verweile eine Sekunde und trete dann für immer hinaus. Casilda fragte sich gerade, wie lange Blancas Schönheit wohl noch anhalte, denn sie sah blaß und mitgenommen aus. Lange würde es nicht mehr dauern, bis sie genauso fett wäre wie ihre Mutter.

Blanca antwortete, ohne ihrem Blick auszuweichen: «Ich habe mir überlegt, ob Mario mir nicht das Autofahren beibringen könnte. Das würde mich ablenken. Ich könnte mir ein *coupé* kaufen wie das von Tere und mich vollkommen frei fühlen.»

«Kaum kehre ich dir den Rücken, nimmt Tere dein Leben in die Hand! Wie untreu du mir bist!»

«Untreu immer. Unaufrichtig niemals.»

Für eine Sekunde legte sich ein Anflug von Röte auf das Antlitz der Mutter Marquise. Sie nahm eine Scheibe Toast und fuhr fort: «Nun, das spielt auch keine Rolle. Tere ist seit Urzeiten meine beste Freundin und erzählt mir alles.»

«Und Almanza, erzählt er dir auch alles?»

«Ja, Almanza ebenfalls.»

«Interessant. Hast du die beiden schon gesehen?»

«Aber sicher. Du glaubst doch nicht, daß ich dich eher aufsuche als meine große Liebe?»

Casildas brutale Direktheit ließ Blanca erröten. Und sie verspürte eine ungewisse Furcht, denn diese Direktheit bedeutete nicht nur, daß Casilda etwas wußte – was sie nicht weiter anfocht –, sondern auch, daß sie auf etwas hinauswollte. Sie gab eine Zitronenscheibe in ihren Tee und nahm einen Schluck.

«Ein wahres Vergnügen, Almanza die Fandangos seiner Heimat singen zu hören, nicht wahr?»

«Sei nicht albern. Almanza ist schon seit Jahren nicht mehr mein Liebhaber. Ich spreche von Tere.»

Anstatt erneut zu erröten, denn ihr war wohl bewußt, daß das nur die Wiederholung einer naiven Reaktion gewesen wäre, ließ Blanca die Zuckerzange zu Boden fallen. Beide Frauen bückten sich gleichzeitig, um sie aufzuheben. Dort unten, im Schutz der langen Tischdecke, griff Casilda, die Statuenhafte, die Schönheit offizieller Anlässe, wie sie in antike Münzen geprägt und auf großen Geldscheinen abgebildet ist, wild nach Blancas Handgelenk und krallte ihr die Fingernägel ins Fleisch. Ohne sich aufzurichten, mit der stolzen *aigrette* der Stirn ihrer Schwiegertochter Luft zufächelnd, flüsterte sie hysterisch: «Laß uns von hier verschwinden. Alle drei. Nach Paris. Tere ist verrückt nach dir. Genau wie ich.»

Blanca richtete sich auf. Ihre feingliedrigen Hände – die Luna unversehrt gelassen hatte, wie er auch sonst alle sichtbaren Stellen an ihr verschont hatte – stellten die Symmetrie der Toastscheiben und des Gebäcks auf dem Tablett wieder her, im Zentrum die langhalsige Blumenvase, in der eine einzelne Rose stand.

«Du hast mir noch gar nicht gesagt, was du von meinem neuen Haarschnitt hältst.»

«Fatal!»

«Wie bitte?»

«*À la garçonne* ist eine Sache, sich selbst mit der Schere zu verstümmeln dagegen eine ganz andere. Du siehst aus, als hättest du dich mit der Waschfrau von nebenan gerauft und sie hätte die Rauferei gewonnen.»

«Eine Rauferei gegen mich zu gewinnen ist nicht einfach.»

Unter der Tischdecke spürte Blanca etwas Lebendiges, Seidiges an ihrem Bein entlangstreichen. Es war Casildas bestrumpfter Fuß, der mit erstaunlicher Wendigkeit liebkosend über ihre Knöchel fuhr, an ihren schmerzenden Waden entlang, sich unter ihr Kleid schob und verführerisch zwischen ihre Schenkel zu dringen suchte, die sie – für den Augenblick zumindest – trotzig geschlossen hielt, während sie an einem Stückchen Gebäck knabberte.

«Möchtest du, daß Hortensia noch etwas heißen Tee bringt?»

Casilda ließ jede Haltung fahren. Gestikulierend redete sie auf Blanca ein, trank eine Tasse lauwarmen Tees nach der andern, und ihre *aigrette* rivalisierte heftig wippend mit der Beredsamkeit ihrer Hände. Sie solle doch nicht dumm sein, alle drei sollten sie fortgehen und zusammen in Paris leben! Nein, Almanza könne sie getrost vergessen. Dem stehe der Sinn viel mehr nach den drallen Zigeunerinnen seiner andalusischen Heimat als nach Damen. Das mit ihm war schon seit Jahren nichts anderes mehr als Theater. Und dieser Archie, ich bitte dich, ein billiger Maler, da mach dir nichts vor, ein romantischer und geschmackloser Naivling: wenn sie Lust auf wirkliche Künstler habe, in Paris könne sie da aus dem Vollen schöpfen, denn sie schienen sich dort wie eine Seuche auszubreiten, man sah sie mittlerweile überall, manchmal sogar in teuren Restaurants. Woher sie wußte oder doch annahm, was zwischen Blanca und Archibaldo war? Wie konnte sie nur so einfältig sein: ganz Madrid – wenn sie doch endlich begreife, daß diese sogenannte Hauptstadt genauso ein Nest war wie Alarcón de los Arcos! – wußte bereits von ihrer Liebschaft mit Archibaldo Arenas, diesem drittklassigen Imitator von Anglada Camarasa, der selbst auch nur von anderen abgemalt hatte; der bedauernswürdige Archie stahl seine Ideen, von wem er nur konnte, weil er selbst, dieser arme Teufel, keine hatte. Und hielt sich für einen Domergue...! Klar, man mußte dreist genug sein! Außerdem hatte ganz Madrid sie sein Haus an der Plaza de Chamberí betreten sehen – sie könnte ihr Tag und Uhrzeit nennen –, und das in Tenniskleidung. Es hieß zwar, sie sei ein Anblick für die Götter gewesen, aber was für ein – da mochte sie sagen, was sie wollte – Wahnsinn, in einem solchen Aufzug durch die Straßen zu laufen, in der Wohnung ihres Liebhabers zu verschwinden und zu glauben, niemand nähme Notiz davon. Sie selbst wäre natürlich entzückt, Blanca einmal in Weiß zu sehen... Der große Zeh von Casildas rechtem Fuß bewegte sich so selbständig und geschickt, als hätte er ein paar Glieder mehr als üblich, und dabei so effektiv, daß er Blancas schmerzende Schenkel schließlich zu öffnen vermochte und zu ihrem heißen Vlies vordrang, das sie ihm zu liebkosen gestattete, während die *aigrette* auch weiterhin die frivolen

Worte der Schwiegermutter untermalte und Blanca die Teetasse erhoben hielt, um dahinter ihre – unter Qualen verzogenen oder lustvoll lächelnden? – Lippen zu verbergen.

Trotz der Schmerzen, die ihr dieser Fuß bei der Berührung von Lunas Wunden bereitete, stieß Blanca hervor: «Du hast Angst, daß ich ihn heirate, nicht?»

«Weil dann unser Vermögen verloren wäre?»

«Ja, schließlich ist es immer noch mein Vermögen, und Archibaldo und ich könnten damit nach Nicaragua verschwinden, wo niemand wüßte, daß mein Mann Anglada Camarasa imitiert... und man ihn für das größte Genie der zeitgenössischen Malerei halten würde.»

Casildas Fuß fiel aus dem süßen Nest, das er gefunden hatte, und seine Herrin brach in ein Gelächter aus, das Blanca erschauern ließ.

«Hältst du... hältst du mich wirklich für so dumm?»

«Nach deinem Lachen zu urteilen, habe ich dazu wohl keinen Grund», stammelte Blanca.

Mit sarkastischen, verletzenden Worten erklärte Casilda ihrer Schwiegertochter, daß die Mamertos von heute nicht mehr dieselben wie die von gestern waren. Äußerlich gesehen – und unglücklicherweise auch in gewisser intimer Hinsicht, worin wohl das Erbe ihres Vaters zu sehen war – ähnelten sie einander zwar. Aber ihre Moral habe sich, in mehr als einem Punkt, entschieden gewandelt, sei gewissermaßen flexibler geworden. Blancas Drohung – die sie dummerweise auch vor den Mamertos geäußert habe –, das gesamte Vermögen zu verflüssigen und nach Nicaragua abzureisen, habe nur das beschleunigt, was besser als alles andere den moralischen Verfall der Familie Sosa beweise, die, entsetzt über die Drohung der Amerikanerin, ihr, Casilda, sofort von diesem Vorhaben berichtet habe. Sie wiederum habe sich bereits vor Jahren – und davon wüßten weder Almanza noch Tere etwas, und sie sage das nur, damit Blanca ermessen könne, wie rundherum blöd sie sei – vorsorglich mit dem ältesten Mamerto verständigt und ihn so weit überzeugt, daß, falls Blanca sich uneinsichtig zeige, bestimmte Papiere verschwinden und andere auftauchen würden, die sie, die Mutter Marquise, als alleinige Erbin des Familienvermögens auswiesen, wobei man sich auf die Tatsache stützte, daß die junge Marquise ohne Nachkommen war, was sie, Casilda, automatisch zum Oberhaupt des Hauses Loria mache. Blanca war so fassungslos, daß sie sich nur noch imstande sah, ihrer Schwiegermutter einen Bisquit anzubieten, den diese mit den Worten ergriff: «Dem Herrn sei Dank, daß das, was man an einem Fasttag ißt, nicht dick macht.»

«Sie sind von den Nonnen. Vom Feinsten, nicht wahr...?»

«Ganz exquisit.»

«Das heißt also, daß man deine Rechnungen aus Paris bezahlt hat?»

«Jede einzelne.»

«Und das Rennpferd von Almanza?»

«Auch das. Und Teres Theaterloge.»

«Eine hübsche Uhr. Patek Philippe?»

«Nein. Vacheron.»

«Ich ziehe Patek Philippe vor.»

«Ich Vacheron»

«Tja...»

Wie auf der Suche nach Verständigung, nach einem Bündnis, tastete sich Casildas Fuß erneut zu Blancas Vlies vor, und die Augen der Mutter Marquise – die sich eine Zigarette in ihrer überlangen Spitze anzündete – waren von *khôl* und Leidenschaft schwer. Blanca preßte ihre Schenkel zusammen; das alles ließ sie vollkommen kalt. Sie wollte zu Luna. Sie erhob sich von ihrem Stuhl. Doña Casilda warf einen Blick auf ihre Vacheron und sagte, oh, wie spät es schon wieder ist. Jedesmal verlor sie die Zeit aus den Augen, wenn sie ihre liebe Schwiegertochter besuchte! In der Tür des Palais verabschiedeten sich die beiden mit einem Küßchen auf die Wange. Casilda tätschelte zudem noch Blancas Rücken – um sie zu trösten? – und traf just jene von Luna so übel zugerichteten Stellen, die besonders schmerzten. Der Portier hielt die Tür geöffnet, und bevor sie die Stufen hinunterschritt, wandte sich Casilda noch einmal zu Blanca um.

«All diese... nun... Regelungen bedeuten natürlich, daß du dir *nicht* halb Nicaragua kaufen kannst, wie es, wenn ich recht verstanden habe, deine Absicht war. Das Land ist einfach zu groß, als daß ein alter Gutsbesitz wie der unsere da mithalten könnte. Aber möglicherweise reicht es, um dir ein Stückchen von El Salvador zu kaufen, was etwas kleiner sein soll, wie man mir gesagt hat. Es ist alles so weit vorbereitet, daß du über einen Betrag verfügen kannst, der dafür ausreichen dürfte. Ich sage dir das, damit du dich an den Gedanken gewöhnst, denn der Unterschied, meine Liebe, auch wenn es auf den ersten Blick nicht so aussieht, ist gewaltig. Ich muß es schließlich wissen! Uii! Es regnet, und ich bin ohne Schirm. Im Frühling weiß man aber auch nie... obwohl, im Grunde weiß man sowieso nichts. *Au revoir, beauté!*»

Nachdem Blanca sich wieder in ihr Schlafzimmer zurückgezogen hatte, lehnte sie sich neben Luna aus dem Fenster, sah dem Regen zu und lauschte dem bestialischen Geheul des Hundes, das die Nacht erfüllte, die langsam über der Stadt hereinbrach. Lunas Augen, die zwar leuchteten, aber kein Licht verbreiteten, waren unerläßlich, um die neue Nacht wirklich Nacht werden zu lassen. Heulte der Hund, weil er Hunger hatte? Luna war jung, gefräßig und stets hungrig – was ihr angst machte und sie trotzdem zu ihm hinzog. Oder heulte er nur, weil er schon zu lange in diesem Zimmer eingesperrt war? Wie auch immer, hier gab es weder die Möglichkeit, ihn zu sättigen, noch ihn zu besänftigen.

«Willst du nach draußen, Luna?»

Der Hund nahm das in der Frage liegende Angebot schwanzwedelnd an, indem er wie am ersten Tag ausgelassen um sie herumsprang, wieder ganz ein verspielter junger Hund, keine Bestie. Im dunklen Zimmer verfolgten seine Augen jede Bewegung Blancas, die sich zum Ausgehen zurechtmachte. Trotz des Nieselregens war es warm, und so setzte sie nur ihre *cloche* aus schwarzem Lackleder mit der Silberspange über dem Ohr auf. Dazu nahm sie eine kleine Handtasche, in die sie ihre Baby-Browning mit dem Perlmuttgriff steckte. Als sie mit dem grauen Hund an ihrer Seite die Marmortreppe hinunterschritt, spürte sie ihre Autorität über die Bediensteten in einem solchen Maße, daß sie den Hund einfach nicht vorhanden sein ließ und das gefügige Personal ihn tatsächlich auch nicht sah. Hortensia verabschiedete sie oben von der Treppenbrüstung her, als habe alles seine beste Ordnung, doch Blanca gab keine Antwort.

Ebenso der Portier – für sie alle existierte Luna nicht, weil sie, Blanca, es so wollte.

«Zum Retiro», sagte sie zu Mario und schloß das Fenster, das sie voneinander trennte; dies jedoch erst, nachdem sie mit herrschaftlicher Geduld die mahnenden Einwände des Chauffeurs angehört hatte. Um diese Zeit und bei diesem Wetter...? War das nicht gefährlich... oder zumindest trostlos? Sollte er die Frau Marquise nicht lieber anderswo hinfahren, zur Gran Vía beispielsweise, wo es heute sicher recht lebhaft zuging, da Freitag war? Nun ja, bei diesem Nieselregen, der sich zu einem richtigen Landregen auswuchs, würde es überall wie leergefegt sein. All das wagte Mario ihr zu sagen, weil es sich mit verständlichem Interesse und Aufmerksamkeit für Blancas Person erklären ließ. Jedoch getraute er sich nicht, seine Empörung darüber zu zeigen, daß der Hund neben ihr auf dem Rücksitz saß und das Auto beschmutzte, das er mit so leidenschaftlicher Sorgfalt pflegte, seit man ihn mit dem Wagen aus Italien hergeholt hatte. Als sie an der Kanzlei von Don Mamerto, Ecke Goya, vorbeifuhren, war Blanca – die Baby-Browning in ihrer Handtasche betastend – versucht, Mario anhalten zu lassen, zum Büro der Sosas hinaufzugehen, den, mit dem sich Casilda «verständigt» hatte, den geschäftsführenden Mamerto, zu vergewaltigen und anschließend alle Mamertos dieser Welt zu erschießen. Doch es war ein solcher Aufwand, das Fenster herunterzudrehen... Außerdem, was sollte mit Luna geschehen? Sollte sie ihn mit hinaufnehmen oder bei Mario im Wagen lassen? Nein. Viel zu kompliziert das alles. Lieber sich zum Retiro fahren lassen.

Zu dieser Stunde und in dieser unheilschwangeren Nacht fuhr niemand im verregneten Park spazieren. Mario chauffierte sie langsam, im Bewußtsein, daß es sich um eine Spazierfahrt handelte und nicht darum, zu einem bestimmten Zweck an irgendein Ziel zu gelangen. Über das Lenkrad gebeugt, ließ er größte Vorsicht walten, hatte seine wachsamen Augen überall, als fürchte er – oder beabsichtigte? – jemanden zu überfahren. In den langen Lichtkegeln der Scheinwerfer glitzerten die herabstürzenden Regentropfen wie die silbernen Pailletten eines Ballkleids. Sehr schön. Schön, nicht, Luna? Im abgelegensten Winkel des Parks angekommen, bat sie Mario, anzuhalten und ihr die Tür zu öffnen. Er tat es, hielt die Wagentür fest und legte die freie Hand grüßend an die Mütze, versperrte ihr allerdings respektvoll den Ausstieg.

«Wollen Frau Marquise wirklich bei diesem Regen aussteigen?» erkundigte er sich.

Der Chauffeur war groß und kräftig, ein junger *romanaccio* mit senkrechter Nase und quadratischem Kinn, starken Armen und von Gamaschen umspannten Beinen – unter seiner Obhut hatte sie nichts zu befürchten.

«Gehen wir spazieren, Luna? Komm...»

Der Chauffeur räusperte sich, bevor er sprach, ohne sich von der Stelle zu bewegen oder den Türgriff loszulassen: «Wenn Frau Marquise gestatten, möchte ich ihr raten, sich nicht zu weit vom Lichtschein des Autos zu entfernen.»

Bevor sie ausstiegen, forderten Blanca und der Hund – Luna mit seinen durchsichtigen Augen, die junge Marquise mit ihren Worten – eine Erklärung: «Warum nicht?»

«Hier könnte sich Gesindel herumtreiben.»

«Daß ich nicht lache. Mitten in Madrid?»

«Haben Frau Marquise auf dem Weg nicht Gestalten bemerkt, die sich hinter Bäumen und Denkmälern verstecken?»

Blanca sah ihn von oben bis unten an. Dann sagte sie entschlossen: «Laß uns hinaus.»

Der Chauffeur senkte den Kopf, öffnete den Wagenschlag noch ein wenig weiter und trat aus dem Weg. Wie kam dieser impertinente Kerl dazu, sich ihren Wünschen zu widersetzen? Mit welchem Recht machte er ihr Vorhaltungen und verwehrte ihr mit seinen breiten Schultern die absolute Finsternis, in der es nichts anderes gab als die stillen Mondflecken von Lunas Augen? Sie konnte es kaum noch erwarten, den nachtdunklen See zu betrachten. Von welcher Farbe mochte sein unbewegtes Wasser zu dieser Stunde sein? Ob der Glaspalast unter dem klaren Großstadthimmel, inmitten tiefster Finsternis und tiefster Stille, wie eine große, verformte Wasserblase aussah? Was machten die Schwäne des Nachts, wo kamen sie unter? Und die bunten Boote, in denen Frauen wie Hortensia sonntags mit ihren Freunden, solchen wie

Mario, über den See ruderten? Und der arme Don Alfonso auf seiner Säule, so sympathisch und ganz naßgeregnet, der Ärmste? Warum stellte sich Mario wie ein Leibwächter, wie ein Gefängniswärter zwischen sie und ihre Wünsche? Sie öffnete ihre Handtasche und zeigte dem Chauffeur ihre Baby-Browning.

«Außerdem weiß ich mich schon zu schützen.»

«Das reicht nicht, Frau Marquise. Hier gibt es Zigeuner. Ich schwöre es Ihnen, ich habe unter den Bäumen Feuer gesehen mit zerlumpten Gestalten darum herum.»

«Ich habe nichts gesehen.»

Blanca umrundete Marios schützende Gestalt, um endlich zu tun, was allein sie wollte. Er ergriff sie brutal beim Handgelenk. Sie wirbelte herum, um ihm eine Ohrfeige zu geben, während Luna wohlgefällig zuschaute, doch sie tat es dann nicht. Statt dessen küßte sie ihn auf den Mund und spürte die Antwort auf ihren begehrlichen, feuchten Lippen, spürte, wie er bebte, preßte ihren vom Regen durchnäßten und dahinschmelzenden Leib an ihn, dessen Zunge ihren verlangenden Mund sättigte, den Regen aus ihren Ohrmuscheln und der Höhlung ihrer Kehle schlürfte, den herabrinnenden Tropfen folgte, die sich in ihrem Ausschnitt verloren, ja, sie fühlte ihn an sich gedrängt erschauern, und es waren weder Furcht noch Kälte, die ihn durchzuckten, sondern eine Lohe, die sie in ihrer Umarmung zum Auto zurücktrieb, das sie mit offenen Türen erwartete. Mario drängte Blanca auf den Rücksitz, der den Herrschaften vorbehalten war. Blanca hatte vergessen – es diesmal wirklich vergessen und nicht absichtlich unterlassen –, ein Höschen anzuziehen, so daß, als sie ihr Kleid hochschob und ihre mißhandelten Schenkel öffnete, sich der Chauffeur ohne zu zögern auf sie stürzte und sie wie ein Tier keuchend in Besitz nahm, jede Faser ihres Seins, ihrer Brüste, die wie zwei Zwillingsmonde glänzten, ihrer Hinterbacken, von denen sich die Schauer bis in ihren sensibilisierten Nacken unter der *cloche* hinaufzogen, ihres Mundes, dem Marios Ungestüm den Atem nahm, während Luna auf dem Fahrersitz, die Vorderpfoten auf die Rückenlehne gestützt, seinen gewaltigen Graukopf durch das heruntergekurbelte Trennfenster steckte und sie entfesselt anbellte. Blanca sah in seine bleichen Augen, ließ es zu, daß Mario sie vergewaltigte, versenkte sich im dämmerlichtigen Wasser dieser beiden Lagunen, stöhnte vor Lust, drohte dem Chauffeur mit Polizei und Gericht, preßte ihn aber an sich, sog ihn in sich hinein und ließ ihn nicht wieder aus sich entweichen; ihre Fingernägel zerkratzten seine Haut, obwohl er sie immer noch küßte und in sie hineinstieß, bis sich ihre Schreie mit Lunas Gebell vereinten – in diesem entlegenen Winkel des Parks, in dieser dampfenden, wilden Tropennacht mitten in der Stadt, in der dieser Fremde, dessen Gewalttätigkeit sie verabscheute, sie fühlen ließ, was allein Lunas bleiche Augen sehen durften, bis die brutale Energie des Chauffeurs in eine Lust mündete, die keiner Worte und Hinweise bedurfte, um sich mit gleicher Macht und im selben Augenblick über sie selbst zu ergießen.

Mario ließ von ihr ab, kaum daß er fertig war, als wolle er nicht, daß Blanca sich weiter an ihm ergötze, nun, da er sie nicht mehr brauchte. Er löste sich aus ihrer Umarmung, sein Körper plötzlich kalt und abweisend. Der Hund merkte, daß alles vorüber war, sprang vom Vordersitz nach draußen und lief bellend und schwanzwedelnd vor dem offenen Wagenschlag herum, aus dem Sekunden zuvor noch die Beine der Liebenden geragt hatten. Er rief nach Blanca, forderte sie auf, mit ihm zu gehen, lud sie ein. Mario erhob sich, als sehe und höre er nichts von dem Hund. Er begab sich auf seinen Platz hinter dem Lenkrad, setzte seine Mütze wieder auf und zündete sich eine Zigarette an. Er sah nach vorn aus dem Fenster und paffte vor sich hin, ohne auch nur im geringsten die Marquise zu beachten, die ihr Kleid über die Knie zog, ihre Frisur in Ordnung brachte und die *cloche* mit der Silberspange zurechtrückte, bis sie wieder richtig saß. Gut gegen den Regen, dachte sie, nahm ihre Handtasche und stieg aus dem Wagen, um dem Hund zu folgen, der offenbar die Absicht hatte, ihr noch etwas zu bieten.

Mario hatte sich zwar vorgenommen, sie gänzlich zu ignorieren, doch als er sie nun durch die regenglitzernden Lichtbalken der Autolampen schreiten sah, übermannte ihn die Bewunderung: sie war so schön, so zart, so ergreifend begehrenswert und unberührbar, wie sie das Licht durchmaß, mit dem Handschuh ihre *cloche* aufs Haar drückte, damit der Wind sie nicht fortwehte, und an der Beuge ihres Arms die winzige Handtasche baumelte, in der neben einer Puderdose gerade noch Platz für die Baby-Browning war.

Bevor sie sich in der Finsternis verlor, glaubte Mario mit einemmal, den Schatten eines Tieres, einer ungeheuren, schrecklichen Bestie zu sehen, die sie aus dem Dunkel heraus ansprang und in der deutlichen Absicht über sie herfiel – wie er später den ungläubig lächelnden Umstehenden erklärte –, sie zu verschlingen. Sofort sprang er aus dem Auto, um sie vor dieser unbekannten Bestie zu beschützen. Da hörte er einen Schuß.

«Bravo!» rief der Chauffeur voller Hochachtung für die Kaltblütigkeit der Frau Marquise.

Schreckerfüllt und verzweifelt suchte er nach ihr, bat auch die wenigen Menschen, auf die er trotz der späten Stunde im Park traf, um Hilfe, alle riefen sie laut, doch niemand fand eine Spur, weder von der Marquise noch von dem angeblichen Tier. Das einzige, was er in der Dunkelheit entdeckte, dort, wo das Licht der Scheinwerfer nicht mehr hindrang, war die Baby-Browning mit dem Perlmuttgriff. Er nahm sie an sich, stieg in den Isotta-Fraschini und raste los zur nächsten Polizeistation, wo er zu Protokoll gab, was auch der Autor dieser Geschichte in diesem Kapitel berichtet hat, das nun langsam seinem Ende zugeht. Nur den grauen Hund erwähnte er nicht. Die Polizisten stiegen zu ihm in das Luxusgefährt, man benachrichtigte die Familie und die zuständigen Behörden sowie die Parkaufsicht, um eine umfassende Suchaktion einzuleiten, die die ganze regnerische Nacht hindurch andauerte und auch noch den folgenden Tag unter einem sonnigen, porzellanfarbigen Himmel, ohne daß die schöne Marquise de Loria gefunden werden konnte, noch die wilde Bestie, deren grauenerregenden Schatten in überzeugender Weise zu beschreiben der Chauffeur vor Gericht sich vergeblich bemühte, die seiner Meinung nach jedoch des Mordes für schuldig zu befinden war. Alles, was man fand, war die Silberschnalle der *cloche*, einen französischen Schuh und die goldene Patek Philippe, woraus man schloß, daß es sich nicht um Raubmord, sondern um ein Verbrechen aus Leidenschaft gehandelt haben mußte, was Mario belastete und für viele Jahre hinter Gitter brachte, da die Mutter Marquise, Doña Casilda, ihre ganze Erbitterung im Prozeß gegen ihn in die Waagschale warf; ihre über alles geliebte Schwiegertochter, sagte sie, sei das einzige gewesen, was sie auf der Welt noch gehabt hätte. Da sollte dieser Mario nichts von wilden Tieren erzählen, die kein Mensch sonst gesehen hatte.

Eine Zeitlang glaubte man noch, die junge Marquise de Loria würde irgendwann wieder auftauchen, sie blieb jedoch für immer verschwunden. Das Vermögen des Hauses Loria ging in gesetzlicher Erbfolge auf Casilda über, da Blanca keine Kinder hinterlassen hatte, und wenn da auf Grund der Regelungen, die Paquito mit dem alten Don Mamerto getroffen hatte, noch ein paar Dinge im dunkeln lagen, so wurden diese von der Marquise im Verein mit einem weniger alten Don Mamerto aufgehellt, der durchaus moderne Ansichten vertrat. Er verhielt sich in der ganzen schmutzigen Affäre, vor der natürlich auch die Zeitungen nicht haltmachten, so vorbildlich, daß Casilda ihren gesamten – nicht unbeträchtlichen – gesellschaftlichen Einfluß geltend zu machen und sogar bis zum König vorzudringen versprach, um Seiner Majestät nahezulegen, das alte und ehrenvolle Geschlecht der Sosas mit einem Adelstitel auszuzeichnen.

Alle Welt wußte es zu würdigen, daß sie im Angedenken der Schwiegertochter ihrer Familie etwas zukommen ließ. Als der Ex-Botschafter in Madrid eintraf, um Aufklärung über die traurigen Umstände des Verschwindens seiner Tochter zu erhalten und dafür zu sorgen, daß der verbrecherische Schänder oder Entführer seiner Strafe nicht entging, bat Don Mamerto Sosa ihn zu sich und zahlte ihm aus, was ihm zukam. Der Botschafter wurde von seiner Tochter Charo begleitet, der die Kleider ihrer Schwester wunderbar standen, die sie nach Verstreichen der Trauerfrist in Managua zu tragen gedachte. Im Verlauf der Untersuchungen und des Gerichtsverfahrens wurde auch der Maler Archibaldo Arenas gehört, der, da er im Begriff stand, ein Porträt sowohl von Blanca als auch von Paquito – letzteres von Don Mamerto Sosa in Auftrag gegeben – zu malen, sie noch am Nachmittag vor ihrem Verschwinden in ihrem Palais besucht hatte. Bei diesen und anderen Gelegenheiten verliebte sich der Maler zusehends in Charo, die von großem Liebreiz war, wenn auch vielleicht nicht so schön wie die Schwester mit dem doch um einiges helleren Teint, so daß ihr Vater – der ja noch drei weitere Schönheiten unterzubringen hatte – länger in Madrid verweilte, als ursprünglich beabsichtigt, um Erbsachen und andere Angelegenheiten abzuwickeln.

Was unseren Freund, den Grafen Almanza betrifft, so sah er ein, daß er langsam in die Jahre gekommen war; er wurde von Casilda aufs Altenteil geschickt. Sie kaufte ihm für ein paar Peseten ein Stückchen Land in der Nähe von Huelva, das er, der wohl doch nicht der Müßiggänger war, für den alle ihn hielten, planieren ließ, um darauf einen Minigolf-Club samt Bar zu errichten. Wenn er auch nicht unverzüglich reich damit wurde, so fühlte er seine Lebensansprüche doch ausreichend befriedigt –, schließlich war er in jener Gegend gelandet, aus der die Mädchen stammten, die ihn mit ihren Fandangos verzückten –, und schrieb seiner alten Freundin Casilda lange Briefe, berichtete von seinen Geschäften und bot ihr, irgendwann einmal, die Teilhabe an seinem sich ausweitenden Unternehmen an. Casilda verließ Madrid in Begleitung von Almanzas Cousine, Tere Castillo, mit der sie endgültig nach Paris übersiedelte, da Madrid nur ein großes Dorf war, Paris hingegen der Nabel der Welt. Die beiden Freundinnen erreichten dort ein glückliches Alter, ohne je den andalusischen Akzent ihres eigentümlichen Französisch abzulegen, beide stets in maßgeschneidertem grauem Flanell und das Haar *à la garçonne*, selbst als die Frisur schon seit Jahren aus der Mode war. Sie trugen flache Schuhe, Krawatten und Baskenmützen, die sie, wie sie beide für sich in Anspruch nahmen, als erste in die eleganten Kreise eingeführt hatten, in denen sie verkehrten. Ihre morgendlichen Spaziergänge im Bois hielten sie schlank, und so lebten sie noch viele Jahre unbeschwert und ohne jegliche Widrigkeiten.

Und um mit einer letzten frohen Kunde abzuschließen, bleibt zu sagen, daß Señor Arias, der Ex-Botschafter, nachdem er seine mißratene älteste Tochter an einen spanischen Granden verloren hatte, in den Genuß kam, seine zweite Tochter, die über alles geliebte Charo, mit dem Maler Archibaldo Arenas verheiraten zu können, der zwar keinen Adelstitel, aber dafür den von ihm äußerst hochgeschätzten Titel eines Künstlers trug. Mit dem Geld, das ihm durch Blancas Verschwinden zugeflossen war – und man muß sagen, Doña Casilda, die Marquise, hatte sich bei allem außergewöhnlich großzügig gezeigt und die Abwicklung der Formalitäten durch Einschaltung des hochangesehenen Notars Don Mamerto Sosa wundervoll erleichtert –, konnte er seiner Tochter die Wohnung an der Plaza de Chamberí kaufen, in der Archibaldo bereits wohnte und in der das junge Paar fortan gemeinsam lebte. Archibaldos sympathische Art, der Farbenreichtum seiner Palette, seine Anpassungsfähigkeit und seine guten Beziehungen zu Leuten in herausragenden gesellschaftlichen Positionen machten ihn alsbald schon zum gesuchtesten Porträtmaler in den adeligen Kreisen Madrids.

Nach der Hochzeit kehrte der Ex-Botschafter zufrieden nach Nicaragua zurück; in Zeiten für ihn ansonsten magerer Kühe hatte er das Glück gehabt, seiner zweiten Tochter eine nicht unerhebliche Aussteuer mitgeben zu können. Würde ihm das auch bei den drei noch verbleibenden Töchtern gelingen? Nun, das sollte sich zeigen, wenn es soweit war.

Archibaldo und Charo bekamen, wie es immer dessen Wunsch gewesen war, viele Kinder. Manchmal gedachte der Maler noch der armen Blanca, die bei weitem nicht so feurig gewesen war wie seine Charo. Mit den Jahren aber verblaßte ihr Bild, und obwohl sie ihre erste Tochter in Erinnerung an die Verschwundene auf den Namen Blanca getauft hatten, dachte er später nie mehr an sie, wenn er mit Charo und der Kinderschar im Retiro Boot fuhr oder spazierenging, gefolgt von Luna, seinem großen grauen, treuen Hund.

Madrid, von Oktober 1979 bis Januar 1980

José Donoso

Das Landhaus

Roman. 448 Seiten, gebunden

▪

Die Toteninsel

Roman. 392 Seiten, gebunden

▪

Die Krönung

Roman. 302 Seiten, gebunden

▪

Die Marquesita

Roman. 192 Seiten, gebunden

Hoffmann und Campe

Henry Miller

Henry Miller wuchs in Brooklyn, New York auf. Mit dem wenigen Geld, das er durch illegalen Alkoholverkauf verdient hatte, reiste er 1928 zum erstenmal nach Paris, arbeitete als EnglischLehrer und führte ein freizügiges Leben, ausgefüllt mit Diskussionen, Literatur, nächtlichen Parties – und Sex. In Clichy, wo Miller damals wohnte, schrieb er sein erstes großes Buch «Wendekreis des Krebses». Als er 1939 Frankreich verließ und in die USA zurückkehrte, kannten nur ein paar Freunde seine Bücher. Wenig später war Henry Miller der neue große Name der amerikanischen Literatur. Immer aber bewahrte er sich etwas von dem jugendlichen Anarchismus der Pariser Zeit. Henry Miller starb fast neunzigjährig 1980 in Kalifornien.

Insomnia oder Die schönen Torheiten des Alters
(rororo 4087)

Jugendfreunde *Eine Huldigung an Freunde aus längst vergangenen Zeiten*
(rororo 12587)

Der klimatisierte Alptraum
(rororo 1851)

Lachen, Liebe, Nächte
(rororo 758)

Nexus *Roman*
(rororo 1242)

Sexus *Roman*
(rororo 4612 und als gebundene Ausgabe)

rororo Literatur

Stille Tage in Clichy
(rororo 5161)

Wendekreis des Krebses *Roman*
(rororo 4361)

Wendekreise des Steinbocks *Roman*
(rororo 4510 und als gebundene Ausgabe)

Im Rowohlt Verlag sind außerdem erschienen:

Tief im Blut die Lockungen des Paradieses *Henry Miller-Lesebuch*
Herausgegeben von Heinrich Maria Ledig-Rowohlt
256 Seiten. Gebunden.

Der Engel ist mein Wasserzeichen *Sämtliche Erzählungen*
Deutsch von Kurt Wagenseil und Herbert Zand
352 Seiten. Gebunden.

Ein Verzeichnis sämtlicher Bücher und Taschenbücher von Henry Miller finden Sie in der Rowohlt Revue – jedes Vierteljahr neu und kostenlos in Ihrer Buchhandlung.

3254/1

Rowohlts Amerika

Paul Auster
Die New York-Trilogie *Stadt aus Glas / Schlagschatten / Hinter verschlossenen Türen*
(rororo 12548)
Jeder der drei Romane wirkt zunächst wie ein klassische Kriminalgeschichte, aber bald stimmen die vordergründig logischen Zusammenhänge nicht mehr. Schritt für Schritt wird der Leser in ein Spiel mit seinen eigenen Erwartungen verstrickt. «Eine literarische Sensation!» *Sunday Times*

Nicholson Baker
Vox *Roman*
Deutsch von Eike Schönfeld
192 Seiten. Gebunden
Zwei Menschen sprechen über Sex - am Telefon. «Vox» ist ein erotischer Roman im besten Sinne und eine kunstvoll, lebensfrohe, ebenso ungehemmte wie vorurteilsfreie Auseinandersetzung mit Sexualität heute.

William Boyd
Stars und Bars *Roman*
(rororo 12803)
Mit himmelschreiender Komik erzählt William Boyd die Geschichte von einem feinsinnigen Briten, der nach Amerika kommt und sein blaues Wunder erlebt. «Eine Farce – aber eine raffinierte!» *Nürnberger Nachrichten*

Robert Olmstedt
Jagdsaison *Roman*
Deutsch von Klaus Modick
288 Seiten. Gebunden
«Ein bemerkenswerter Roman, der die prekäre Balance zwischen spannendem Thriller und lyrischer Fabel hält.»
The New York Times Book Review

rororo Literatur

Luanne Rice
Ein Leben für Nick *Roman*
(rororo 12632)
Alles zu haben heißt auch, alles wieder verlieren zu können. Dieser Gedanke beschäftigt Georgina Swift, die in scheinbar behüteten Verhältnissen lebt und ihren Mann Nick, den scheinbar tadellosen, erfolgreichen Wall Street-Anwalt, abgöttisch liebt...

John Irving
Garp und wie er die Welt sah
Roman
(rororo 5042)
«Diese Geschichte ist so absurd, so komisch, so tränentreibend, so kühl und sachlich, so wirklich und genau, daß man das Buch nicht wieder los wird.»
Nürnberger Nachrichten

Tom Robbins
Salomons siebter Schleier
Roman
Deutsch von Pociao
540 Seiten. Gebunden
Der Altmeister des Underground-Romans, läßt die verrücktesten Typen, die schärfsten Sprüche und provokantesten Gedanken über die Seiten tanzen.

3292/2